모란꽃 한 송이 숨어 핀 까닭은

모란꽃 한 송이 숨어 핀 까닭은

이여근 단편소설

파란
하늘

머리말

한시절 어려웠던 부족함은
고맙게도 내 인격 형성에
큰 도움을 주었다.

나는
허기져 본 적은 있어도
비굴하게 성장하지 않았고,
오히려 그 부족함이
내겐 참 복이었다 생각든다.

사람이기에
사람같이 살고자,
사람의 마음 지니고 살자고.

어찌해 볼 수 없었던
사방의 막힘도
내가 선택한 것은 아니었기에,

인생의 한 곡절이거니
모자람에 좌절치 않았고,

나는 경험자이기에
나그네 봇짐 내려놓을 때까지

하나님이 주신 절절한 사랑 품고,

솜사탕 같은 마음으로
남은 삶 곱게 살아가자 다짐한다.

마주치면 상대가 피하지 않고
밝고 반갑게 다가오는—

나는 그런 사람 되어 살고자
오늘도 주님의 말씀을 듣는다.

2025년 6월
아리조나에서

차례

모란꽃 한 송이 숨어 핀 까닭은

21세기로 들어선 지 얼마 되지 않은 어느 날.

잠 한숨 들지 못하고 시카고에서 열네 시간을 날아온 새벽 다섯 시.

송호준은, 오늘 이 순간까지 자신의 삶에 있어 어둡게 깃든 지난
날 한 문제를 아직도 풀지 못해 답을 적어내지 못하고 있는 시험지같
이 가슴 한켠 남아있는 무겁고 쓰라린 회한을 안고서 인천공항 5월
우윳빛 하늘 아래, 강산이 세 번 변한 두 번째 고국 방문의 발을 내디
뎠다.

얼마 만에 밟아보는 그리운 고국 땅이던가!

호준을 실은 인천공항버스가 아직 잠이 덜 깬 새벽길을 불 밝히며
서울을 향해 달리기 시작하자 호준은 창밖을 내다보며 꼭 외국에 온
듯한 내 나라의 낯설음에 잠시 당황하며 속울음 깊이 배인 옛 안개
속으로 서서히 잠겨만 들어갔다.

(승윤은 얼마나 변해 있을까? 아니, 날 알아나 볼까? 그 친구도 나
처럼 주름이 늘어가고 있겠지. 그럼, 그게 언젠데… 20대에 헤어져 이

제 50대에 접어들었으니…) 호준은, 그리운 친구를 곧 만나볼 수 있게 되었다는 기대감과 그를 보면 하고 싶고 듣고 싶은 잊을 수 없는 이야기들을 품고서 밀려오는 상념의 늪 속에서 오래도록 헤어나지 못하고 있었다.

이승윤과 연락이 닿은 것은 참으로 꿈이 현실로 이루어진 기적 같은 일이었다.

30여 년 전, 호준이 미국으로 떠나기 하루 전날 밤. 저녁을 함께하고 헤어질 때 그가 그의 어머님과 함께 운영하던 책방 주소와 자기 집 전화번호 등을 뒷페이지에 적은 책 한 권을 호준에게 준 것을, 호준이 미국까지는 제대로 가져왔건만 도착한 그날 책이 들어있던 가방 하나를 택시에 놓고 내리는 바람에 그와의 연락이 두절되게 되었고 외국 생활이 어디 그리 만만하던가? 정착해 살려니 긴장된 매일매일에 한동안 그를 잊을 수밖에 없었던 것, 호준은 어느 정도 이민 생활이 자리를 잡아가던 십 년 후, 일주 예정으로 잠시 고국에 다녀온 적이 있어서 그때 짬을 내어 그의 책방과 그의 집을 찾아가 본 적이 있었는데 세상에나, 이발소가 있던 자리에 커피숍이 자리 잡고 있다던가 하는 변한 모습이 아니라 그의 집이고 가게고 몽땅 들어내고 딴 건물이 들어서 있는데다 길까지 새로 나 있어 도대체 어디가 어디인지 분간을 못 하고 헤매다 만남을 포기하고 돌아온 적이 있었고, 그 후로도 간간이 그를 기억만 하다가 이제 나름대로 이민 생활이 자리 잡혀가는 요즘에 와서야 뒤를 돌아보는 여유를 갖게 되어 다시 그의 안부가 궁금하던 차였는데 정말 뜻밖에도 그의 소식과 연락처를 우연찮게 알게 된 것이었다.

그의 전화번호를 알게 된 것은 정말 기적 같은 일이었다.

지난 연말 어느 날 낮 시간대에, 그즈음엔 동포 사회의 여러 단체에서 이런저런 모임이 많은 관계로 감사패 주문이 밀려들어 말마따나 눈코 뜰 새 없이 바쁜 절기였는데, 호준이 운영하는 트로피 제작소에 모 단체에서 회원들께 수여할 상패 같은 것을 주문하러 관계자 한 분이 찾아오신 것이었다.

"어서 오세요!"

일하던 자리에서 일어난 호준이 미소 띤 얼굴로 손님을 맞이했다.

손님은 호준보다는 한참 연상으로 보이는 처음 뵙는 동포 분이었다.

"00회에서 왔는데 감사패와 위임장을 좀 주문하려고요."

"아, 그러세요! 여기 샘플들이 있으니 골라 보시고 문안 작성해 오신 것 있으시면 좀 보여주시죠…"

우리의 첫 만남은 그렇게 시작되었고 마침 점심때도 되었고 해서 마다하는 그의 사양함을 물리고 옆집 라티노 식당에서 '따꼬'를 사와 대접하며 이런저런 이야기를 하게 되었는데 뜻하지 않게도 그분이 호준과 승윤의 다시 만남에 결정적 역할을 해주신 것이었다.

사정은 이랬다.

당신의 처제 되시는 분께서 마침 한국에서 서점 겸 문방구를 하고 있는데 서점들 간에 무슨 협회 같은 것이 있어서 그 분야에 오래 종사한 처제가 무슨 회원 명부 같은 걸 가지고 있는 것을 본 적이 있어, 혹시 처제가 알고 있을지도 모르지 않겠냐고 하시면서 당신께서 한번 알아봐 주시겠다고 하시길래, 그리되면 얼마나 좋겠냐고 하면서도 별 기대를 안 했었는데 바로 그다음 날 그가 승윤의 전화번호를 알려 주신 것이었다.

서울은 많이 변해 있었다.
"가지고 있는 것은 시간뿐"이라는 말이 있듯이, 서둘 것 없는 여행자인 호준은 거리 풍경도 만끽할 겸 물어물어 약속 장소까지 걸어가기로 하였고, 퇴근 시간이 한참 지난 저녁, 승윤과 만나기로 한 XX호텔 커피숍에 쉬엄쉬엄 도착한 호준은 두근거리는 가슴을 진정시키고자 숨을 한 번 깊숙이 들이마신 뒤 문 안으로 들어섰다. 그리곤 이 시각 웬 손님들이 그리 많은지 두리번거리며 혼자 앉아 있는, 그가 알려준 그의 인상착의대로 앞머리가 훤한 중년의 남자를 찾았다. 그리고 곧 그 둘은 눈이 마주쳤고 동시에 "야!" 하면서 승윤은 앉은 자리에서 일어났고 호준은 손을 흔들며 걸음이 빨라졌다.
"야! 그래도 한눈에 알아보겠구나, 야!"
그들은 말을 맞춘 듯 같은 말을 동시에 터트렸고, 그들의 큰 소리에 주변 사람들의 시선이 쏠렸으나 그들은 개의치 않고 환성을 지르며 부둥켜안았다.
"야! 이게 얼마 만이냐?!"

그들은 또 똑같은 말을 동시에 쏟아놓았고 잡은 손들을 놓을 줄 몰라 했다.

호준이 민수란과의 첫 만남을 가진 것은 호준이 제대하여 그보다 1년 먼저 제대하고 그의 어머니와 함께 운영하고 있던 같은 육군 모 부대에서 복무했던 나이는 같았으나 1년 상급자인 승윤의 책방에서 였다.

승윤은 그때 이미 졸업도 하고 군 복무도 마쳐 일찍 사회에 발을 들여놓은 사회인이었으나 호준은 아직 졸업 1년을 남겨두고 복학을 준비하고 있던 때였다.

수란은 그때 그의 책방에서 일하고 있던 두 명의 파트타임 여직원 중 한 명이었다.

"안녕하세요. 승윤 친구 송호준입니다."

"…네, 안녕하세요…"

수란은 호준이 이름을 밝히며 첫인사를 하였으나 그녀는 입가에 엷은 미소만 지은 채 잠자리 날갯짓 같은 들릴락 말락한 목소리로 겨우 답례만 하였을 뿐 수줍음이 많던 그 당시 서울 00여대에 다니던 오후 시간 직원이었다. 수란은, 그 뭐랄까, 꽃으로 치자면 모란꽃 같다고나 할까? 화사하면서도 그걸 내세우지 않고 고개 숙이고 있는 짙은 향기가 나는 그런 인상의 아가씨였다.

그 후, 호준은 틈만 나면 수란의 근무 시간대에 맞춰 승윤의 책방에 들렀고 그 둘은 자연스레 낯을 익혀갔다.

수란의 집은 경기도 양평이라 하였고 그녀는 학교 근처에서 동창과 함께 자취를 하고 있다 하였다.

그러던 어느 날.

"야, 이걸 어떡하면 좋으냐…"

그날도 저녁 무렵, 호준이 승윤의 책방에 들르자 승윤이 책방 앞에 나와 서 있다가 호준을 보자마자 안타까운 표정을 지으며 느닷없이 내뱉는 말이었다.

"?"

호준이 어리둥절하며 두리번거리는 시야에 책방 안 계산대 앞에서 전화기를 들고 울고 있는 듯한 수란의 모습이 보였고,

"야, 호준아! 이걸 어떡하면 좋으니?"

승윤이 같은 말을 반복하며 안절부절하였다.

"야, 무슨 일인데 그래?"

호준이 큰 소리로 물었다.

"야, 수란이한테 나이 어린 남동생 있다는 말 너도 들었지?"

"으응."

"그 애가 오늘 아침나절부터 보이지 않아 수란 엄마가 지금 쓰러지기 직전인가 봐…"

"뭐어…?"

그 말을 듣자 호준도 크게 놀라 소리를 지르고 말았다.

수란의 어머님이 부부 함께 과수원 일 하랴, 시골에서 아이 키우는 게 힘들어 딸내미 하나로 자녀 보기를 단념하셨다가 수란이 커가

는 것을 보면서 그동안의 아이 키우는 어려움 다 잊고 하나 더 보고자 하여 낳은 이제 초등학교 다니는 늦둥이가 오늘 아침부터 보이지 않는다는 것이었다.

"야, 어떡해야 하니?"

승윤이 말했고,

"야, 수란이 빨리 집에 가봐야 되잖겠냐?"

호준이 말했다. 그러자

"그래, 그래야만 되겠는데… 야! 호준아! 나, 조금 있다 ㅁㅁ출판사 편집장님하고 피할 수 없는 약속이 있어서 그러는데 네가 내 대신 수란이 좀 집에 데려다줄 수 없겠니…? 너, 운전면허증 있지? 네가 내 차 몰고 가…"

승윤이 작심한 듯 호준에게 부탁하는 것이었다.

"야, 그렇게라도 해야겠다. 마침 내일 수업이 오후에 있으니까 밤새워도 뭐 급할 건 없고 수란 씨 보고 빨리 나오라고 그래!"

그들은 서둘렀다.

그리고 그날, 양평 산자락에 땅거미가 내려앉는 시각, 그들이 집에 도착해 보니 아이는 친구 집에서 늦도록 놀다 막 돌아왔다 하였고, 긴장이 풀린 마음에들 그랬는지 고적한 그녀의 집 뒷뜨락 농원을 누가 먼저랄 것 없이 한가히 팔짱을 끼고 도란도란 걷던 그들은 그만, 달빛에 물든 서로의 입술을 찾게 되고 말았다.

그로부터 1년 후.

"어떡해요…"

노을이 서쪽 하늘 끝을 붉게 물들이고 있던 어느 날 저녁, 남산 오름길 중턱 나무등에 기대어 고개를 숙인 채 신발 앞꿈치를 땅에 비비며 고개를 숙이고 서 있던 수란이, 나뭇잎에라도 들키지 않으려는 듯 조그맣게 호준에게 말하고 있었다.

"어떡하긴 뭘 어떡해! 우리 결혼하면 되지."

호준이, 그들의 2세를 잉태하고 있는 수란의 어깨를 부드럽게 감싸 안으며 그녀의 불안을 달래고 있었다.

"엄마가…"

"아, 이 시대에 그게 무슨 말도 안 되는 소리야! 궁합이 뭐야? 우리 궁합이 어떤데? 아, 이 시대에 궁합이 나쁘면 무슨 탈이라도 난다는 걸 믿어?…"

급기야 호준의 언성이 높아져 가고 있었고

"어떡해요… 엄마가 절대로 우리 결혼 못 시키겠다고 하니………"

"아이가 생겼다는 말 했다면서? 그런데도?"

"네………"

수란은 다음 말을 이어가지 못하며 울먹이고만 있었다.

수란의 막내 동생을 뱃속에 두고 교통사고로 남편을 먼 나라로 떠나 보낸 뒤 — 그것 봐! — 얼마 전 점 보고 온 어느 점쟁이의 말에 잡혀 그러시는지 그 뒤로부터 막무가내 점쟁이의 수란 엄마의 반대는 끈질기게 이어지고 있는 것이었다.

"맘대로 해. 나, 두 달 있다 미국 가게 되는 것 알고 있지? …그동안에 우리 빨리 결혼하던가 아니면 혼인신고라도 해 놓던가. 아니면, 애 데리고 둘이 살아가던가 맘대로 해."

호준이 수란의 단호한 결정을 재촉하였다.

"내가 이민을 가는 거, 가족 이민법에 따라 당장에 같이 갈 수는 없고, 결혼식이야 나중에 형편 봐 가며 하면 되고, 혼인신고라도 해두어야 배우자 초청으로 늦어도 1년 안엔 거기 가서 영주권 받아 같이 살아갈 수 있게 되잖아! 아기도 키워야 되고. …엄마 좀 설득해 봐. 아니면 그동안 어디로 좀 도망가 있던가… 생활비는 부쳐 줄 테니…"

"………"

그렇게 날짜가 되어 호준은 미국으로 떠나게 되었고, 떠나기 전 몇 번 호준이 수란의 집으로 찾아가 보았어도 호준만 보면 돌아앉는 수란의 어머니만 보일 뿐, 어찌된 일인지 수란을 볼 수가 없었고, 사방팔방 수란이 있을 만한 데는 다 찾아보고 다녔어도 그녀는 어디로 갔는지 그게 오늘에 이른 것이었다.

(아이는 어떻게 되었을까…) 미국 온 뒤 십 년이 지나서도 수란이 호준의 가슴 한켠에 바위로 들어앉아 첫 고국 방문하여 수란을 찾아보고 난 뒤에서야 겨우 마음을 추스르고 결혼을 하게 된 호준이었건만 무책임했던 그 일이 두고두고 회한으로 남아, 오늘 이 순간까지도 그를 괴롭게 하고 있었고, 사실 호준이 승윤을 보고 싶어 했던 것도 따지고 보면 수란의 그 후가 궁금해서였던 것이었다.

"야, 친구야! …너 혹시, 나 미국 가기 전에 네 책방에서 일하던 수란이라고 기억나니?"

승윤이 서울 강남 지역에 새로이 자리 잡은 문구류 그리고 장난감도 파는 그의 책방에서 다음 날 다시 만나게 되자, 호준이 승윤에게 이제서야 한국을 방문하게 된 첫 번째 이유인, 수란의 소식을 알고 싶어 했던 속내를, 알바생이 내온 커피를 한 모금 마시며 지나가는 말처럼 넌지시 물어보게 되었다.

더 이상 참고 있기에는 속이 새까맣게 타들어 가서 견딜 수가 없는 것이었다.

"수란? ………야, 너 그 사람 여태 잊지 않고 있었니?"

승윤이 호준의 느닷없는 물음에 꿀꺽, 마른침을 삼키며 눈을 크게 뜨고 호준을 바라보았다.

"어떻게 잊니…"

"………"

"나, 미국 간 뒤 그 사람 어떻게 되었는지 혹시 네가 알고 있나 해서. 수란은 언제까지 네 책방에서 근무했었니?"

"………"

"난, 말야, 그 사람을 잊자 하다가도 시도 때도 없이 불쑥불쑥 생각나면, 마음이 괴로워서 견딜 수가 없었어."

"왜?"

"그때 너도 수란과 내 사이를 대충은 알고 있었겠지만, 수란 어머니 때문에 우리 사이가 멀어지고 말았잖니!"

"그랬었단 얘긴 들었지."

"근데, 그때 수란이 임신하고 있었잖아… 그러니 내가 왜 괴롭지 않았겠니. 그 몸으로 시집을 갔겠니? 갔다 한들 아이는? 지우고 갔을 까? …누가 아이 있는 미혼모를 데려갔겠니? 아무튼 결혼이라도 했다 면 다행이지만, 그 사람 야물지 못하고 수줍고 정직한 성격에 거짓말 하고 다른 데 시집갈 만한 사람 못 되잖아. 더군다나 어린 한 생명을 지우고서는 절대, 절대…"

"………"

"전혀, 모르니? 뭐 소문 같은 것도? 교대로 근무는 했지만, 그 당 시 함께 일하던 점원은 어디 사는지 혹시 모르니? 누가 알아? 같은 연 배에 여자끼리 이런저런 얘기들 나눴을 것도 같은데…"

호준이 속이 타는지 말하다 말고 커피를 물처럼 벌컥벌컥 마셔대 고 있었다.

"………언젠가, 누군가에게서 수란이 시집가서 잘 살고 있다는 말 을 들은 건 같은데…"

"뭐? 야! 그렇게만 됐다면 얼마나 좋으냐. 제발 좋은 사람 만나 그 렇게 살고만 있다면, 아니, 사실이었으면 좋겠다. 아니, 사실이어야만 해!."

"……."

"나는 지금 이 순간까지도 그 사람만 생각하면 괴로워서 견딜 수 가 없었어. 순진한 여자 꼬드겨 가지고 한 인생 망쳐 놓고 미국으로 튄 꼴이니 왜 안 그랬겠니. …내가 나쁜 놈이었어. 한 생명 아니, 두 생명 책임지지 못할 일 저질러놓고… 그 생명들 어디서 무얼 하며 사는 지…, 그 지경에 얼마나 수란이 고생하며 살고 있을까… 그 생각만 하면 '제발 시간을 되돌릴 수만 있다면, 되돌릴 수만 있다면—' 심장이 터질 것만 같애… 그래서, 나 미국 가서 교회 다니기 시작했어. 예수님께서 — 무거운 짐 진 자들아 다 내게로 오라 — 그러셨잖아. 그래서 믿기 시작했는데, 그래도 그 생각만 나면 죄책감에 견딜 수가 없는 거야. 가해자가 변해 있으면 뭐 해… 피해잔 그 상처 그대로 지니고 고통 속에 살아가고 있다면…, 나, 지금까지 그렇게 아픈 마음으로 살아왔어."

말을 잠시 끊은 호준의 눈에 급기야 물기가 가득 고이더니 주르륵 — 흘러내리고 있었다.

"제발, 좋은 사람 만나 잘 살고 있었으면, 제발… 이십 년 전 처음 귀국했을 때 양평으로 찾아갔었는데 수란의 집은 그대로였지만 내가 집 안에 들어갈 수도 없었고 사흘간 동정을 살피다 그냥 돌아섰었어."

호준의 흐느낌은 언제 멈출지 몰랐고, 그런 그를 보며 승윤은 숨을 깊이 들이마시며 무겁게 침묵만을 지키고 있었다.

1주 예정으로 귀국해서 벌써 닷새나 지난 날,

만나는 친구라곤 오직 승윤뿐인 호준이 기억을 더듬어 수란의 흔적을 찾아 지난날을 더듬어 찾아다니다 저녁 무렵이 되어 회한만을 안은 채 승윤과의 약속 시간에 맞춰 그의 책방에 다시 들렀다.

20

그 시각에도 제법 손님이 많은 책방에서 승윤이 호준을 발견하곤 활짝 웃는 얼굴로 그를 맞이했다.

"야! 서울 많이 변했지? 우린 여기서 사니까 별로 잘 느끼진 못하지만, 외국에서 오래 살다 온 친구들은 고갤 절레절레 흔들어. ㅎㅎㅎ 너도 그렇지?"

승윤이 무슨 좋은 일이 있는지 싱글벙글 웃으며 호준을 반갑게 맞이했다.

"야, 말도 마. 아까 창피해서 죽는 줄 알았어…"

"왜?"

"택시를 타고 어딜 좀 가는데 도대체 어디가 어딘 줄을 모르겠는 거야. 서울역은 왜 그렇게 작아졌는지… 아무튼, 히야! …히야!… 하고 창밖 구경하는 손님이 분명 한국 사람인데 감탄만 하고 있으니 '서울 처음 오셨어요?' 택시 기사님이 그러더라고. 그래서 '아니요.' 그랬더니 '외국에서 오셨어요?' 기사님이 다시 묻는 거야… 그래서 내가, '네.' 그러니까 '어디서 오셨는데요?' 그러더라고. 그래서 ─내가 외국에서 온 티를 그렇게 냈나?─ 계면쩍어 하면서 '미국에서요.' 그랬더니 '고향이 어디신데요.' 또 그러데. 그래서 '서울인데요.' 그랬더니, ─서울 떠난 지 얼마 만에 온 거냐?─ 뭐, 이런 거는 묻지도 않고 대뜸, 쌍소리를 하고 '꼭, 티를 내요, 티를…' 그러는 거야… 나, 정말 기가 막혀서… 아, 기억을 아무리 더듬어 봐도 되살려지지 않는, 너무도 변한 고향이라 나도 모르게 나온 소린 걸 난들 어떡해…"

호준이 억울해하자

"ㅎㅎㅎ 그 기사 양반, 서울서만 살았나 보다. ㅎㅎㅎ"

승윤이 웃어대다가

"야, 호준아! 너, 모레 돌아가지?"

정색을 하며 물어왔다.

"응. 거기서도 시간에 쫓기며 살아가고 있어. 야, 벌써 1주가 다 돼가네. …어제 온 것 같은데…"

호준이 못내 섭섭한 마음으로 말했다.

"그래서 말인데, 너 오늘 누구 약속 있니?"

승윤이 진지한 표정으로 물어왔다.

"몇 분 안 되는 친척, 짧은 시간이지만 다 찾아뵀었고 진작에 너를 만나려고 왔었는데 내게 무슨 다른 급한 약속이 있겠니…"

호준이 무덤덤히 말하자

"그래서 말인데, 야, 내 집은 한번 들렀다 가야 되잖겠니? 언제나 오나, 너 기다리고 있었어. 지금 가자."

승윤이 서둘렀다.

그러자, 호준이 화들짝 놀라며

"야, 진작에 말했어야지. 난, 그러지 않아도 언제나 네가 나를 초대해 주나, 그것만 기다리고 있었거든… 야! 나, 너 어찌 사나 진짜 보고 싶었단 말야. 제수씨도 좀 만나보고 싶고…"

호준이 그 말을 기다리고 있었다는 듯이 뛸 듯이 기뻐하였다.

"야, 난, 네가 왜 여태 네 집 한 번도 안 보여 주나 했어… 가다가 어디 좀 들렀다 가자. 너 딸만 셋이라면서 그냥, 빈손으로 갈 수야 없지.

ㅎㅎㅎ"

호준이 들뜬 마음을 감추지 못하고 서둘러댔다.

승윤의 집은 번잡한 도시를 떠나 어디가 어딘지 모를 한적한 서울 근교에 있었다.

해가 진 뒤라 승윤의 자택 풍경을 자세히 살펴볼 수는 없었지만, 아! 도시 생활에서 그동안 잊고만 있었던 하얀 달빛과 무더기로 쏟아지는 빛나는 별 밤하늘 아래, 뜨락 어딘가에 심겨져 있는지, 작약의 그 기막힌 향기가 콧속으로 스며들어 오고 있었고, 좁지도 넓지도 않은 정원을 지나 현관문을 열자, —아! 이 가정 참, 행복해 보이는구나— 느낄 수 있을 만큼 온화한 기운의 집안 공기가 조금 전 맡은 모란꽃 냄새처럼 호준의 마음을 포근하고도 달콤하게 안정시키고 있었다.

큰 딸아이는 시집을 갔다 했고, 그럼, 두 자매는 이 시각 집에 있을 법도 한데 거실엔 아무도 없었고 거실 끝에 위치한 주방에선 그의 부인인 듯한 여인이 그들이 들어선 걸 눈치채지 못한 듯, 등을 보이고 서서 부산히 음식을 조리하고 있었다.

"야, 어서 여기 앉아."

호준이 앉지를 않고 거실 안을 두리번거리며 서 있자, 승윤이 소파를 가리키며 호준이 어서 앉기를 권하였고

"여보, 우리 왔어!"

승윤이 주방 쪽으로 걸어가며 아내를 불렀다. 그리고선 승윤이 다

가가 음식 준비에 열심인 아내의 어깨를 감싸 안고 무슨 말인지 건네자 잠시 다소곳이 서 있던 그의 아내가 앞치마에 손을 닦으며 돌아섰다.

그 순간,

호준은, 숨이 콱, 멎는 것 같은 충격을 받고 승윤의 아내가 자기 앞에까지 와서 고개를 숙여 인사할 때까지 눈 한 번 깜짝하지 않고 그녀를 바라만 보았다.

수란이었다.

삼십 년 세월이 흘렀다지만 어찌 호준이 그녀의 얼굴을 잊을 수 있었겠는가?

"———"

그녀가 무어라 말을 한 것 같았으나 호준은 단 한마디도 건넬 수가 없었고 그냥 그 자리에 동상 모양 한동안 붙박이로 서 있기만 하였다.

심장병을 앓고 있었다면 결코 무사하지 못할 충격이었다. 그래서 승윤이, '야, 네 건강은 어떠니? 뭐 특별히 아픈 데는 없니? 심장병이라든가 뭐 그런 거 말야?…' 어제 만났을 때 내게 물어본 것이었구나! 이제 와 생각하니 다 그런 뜻이 숨어 있었던 것만 같았다.

그 사이 승윤은 어디로 갔는지 보이지 않았고 한동안 그렇게 서 있기만 하던 호준이

"오랜만이요………"

나직이 말하였다.

그리곤 쓰러지듯이 소파에 털썩, 주저앉아 두 손으로 얼굴을 감싸 안고는 울음을 터트리고 말았다.

그 시각,

언제 그칠 줄 모르는 호준의 오열에 승윤의 집은 온통 젖어 가고 있었고 그 울음이 언제 끝날지 그 누구도 그를 진정시키는 사람은 없었다.

호준이 수란을 두고 미국으로 떠나자 그 둘 못지않게 승윤에게도 혼란이 찾아왔다.

호준과 수란이 연인 사이로 발전하자 그것을 뒤늦게 알고 가슴을 친 승윤이었지만, 이미 엎질러진 물. 승윤은 그 둘이 원망스럽기만 하였다. 아니, 처음엔 어처구니없게도 배신감마저 들어 한동안 밥맛도 없었고 밥을 먹는다 해도 까슬까슬, 온통 모래알이 되어 거의 금식에 가까운 날들을 보내는 나날이기만 했었다.

그러나, 그렇게 몇 날이 지난 후 승윤은 수란을 잊기로 마음을 추스렸다.

제일 먼저 수란에게 자신의 마음을 밝히지 못한 것이 자신의 용기 없음인데다, 또 그렇다 해도 수란이 자기의 마음을 받아 준다는 보장도 없는 바에 괜히 그들을 미워하고 훼방을 놓아선 안 된다는 자성의 소리가 그의 내면에서 크게 울림으로 남았기 때문이었고 또 호준이 썩 괜찮은 친구여서 그들의 사랑을 예뻐해 주자고 마음을 다잡아 먹은 것이었다.

그렇게, 그 둘에겐 아무런 내색 없이 평상시와 똑같이 그들과의 사이를 이어갔는데, 생각지도 않은 일이 벌어진 것이었다.

임신한 수란을 두고 호준이 미국으로 훌쩍 떠나버리게 된 그 무렵, 승윤은 나이도 있고 엄마의 재촉도 있고 해서 몇 번 선을 보고 마음에 드는 아가씨도 있어 한번 만나볼까 하던 차였을 그 무렵 호준이 찾아왔었다.

"야! 벌써 미국 갈 날짜가 다 되어 왔니? 그럼, 수란씬 어떡할 건데? 같이 갈 수는 없다면서…"

호준이 미혼 신분으로 이민 수속을 하였지만 그 직후 결혼해서 혼인 신고가 되어 있다면 호준이 먼저 들어가서 그곳에서 부인 초청으로 신청해야 비자도 빨리 나오고 영주권도 자동으로 발급받게 될 것이란 걸 호준에게서 수차 들어 알고 있는 승윤이 인사 삼아 물어본 것이었다. 그런데

"………같이 못 살 것 같아… 흐—유……"

호준이 땅이 꺼져라 한숨을 쉬는 것이었다.

"뭐? 그게 무슨 말이야?"

"수란 엄마가 수란과 나의 결혼 극구 반대야."

"아니 그거, 그 궁합 때문에?"

"응."

"야! 아직 그걸 결정 못 봤단 말이야?"

"으—응………."

"뱃속의 아긴 어떡하구?"

26

"모르겠어 어떡해야 할지. 미치겠어."

"야, 임마! 그걸 말이라고 하고 있냐 지금?"

승윤이 자기 친여동생 시집보내기라도 하듯 호준을 몰아세웠다.

"나도 이렇게까지 될 거라곤 생각지 못했어… 딸 아일 임신시킨 녀석이 어디로 줄행랑칠까 봐 그게 더 걱정될 텐데, 결혼하겠다 해도 엄마로서 못 하게 하는 게 말이나 돼? …상상도 못 한 일이야…. 저러다 마시겠지 했는데, …너무 안이하게 생각했던 것 같아."

"세상에나…, 수란은 뭐래?"

"울기만 하고 대책이 없어. 착하기만 하지 그 친구 야물딱지지가 못하잖아. 자기 엄마 말에 절대 '안 돼요.' 소리 못 하고, …자기 엄마가 오죽 완강해야 말이지. 그런 분에게서 어쩌다 저런 순둥이가 나왔는지…"

숨을 한번 깊게 들이마셨다가 길게 내뱉으며 호준이 고개를 좌우로 흔들었다.

"너는?"

승윤이 묻자

"자포자기야………"

호준이 대답했다.

그렇게 그 둘은 앞일에 대한 결정을 짓지 못한 채, 호준이 날짜가 되어 떠나버리자, 승윤은 이 모든 것이 자기의 책임인 양 일이 손에 잡히지 않아 안절부절하였다.

—내가 상관할 바가 아니야— 옹골차게 마음먹었다가도, 아일 안고 어디 구석진 곳에서 울고만 있을 것 같은 수란을 생각하면, 그게 견딜 수가 없는 것이었다.

—내가 마음속으로 무던히도 연모했던 사람이잖아—

고백은 못 했지만, 짝사랑한 사람은, 그 상대의 행복 아닌 불행에 대해선 꼭 책임을 져야만 한다는 책임감 같은 것이 든 것이었다.

승윤은 수란을 서둘러 찾아 나서기로 하였다.

딱히, 찾아서 어떻게 하겠다는 복안이 있어서가 아니라, 수란이 지금, 임신한 몸으로 호준 없이 무슨 생각하며 어떻게 살고 있는지 그건 확인해 봐야겠다는 절박한 마음이 들어서였다.

수란은, 집에 있었다.

아직, 표시가 날 정도로 배가 불러 있는 것은 아니었지만, 다행히도 중절 수술은 하지 않고 있는 상태였다.

승윤이 수란을 급히 찾은 것은 아마도 그걸 확인하고 싶어서였는지도 몰랐다. 아니, 그 때문이었다. 누구의 자식이든, 잉태된 생명을 무슨 물건인 양 자기들 마음대로 있게, 없게 한다는 것은 살인하는 것과 마찬가지라는 생각을 하며 살아온 그였고, 더구나 그 생명은 자기가 그토록 연모하던 사람의 몸속에 있지 아니한가? 거기다 어쩔 수 없이 헤어지기는 했지만, 매몰차게 버리고 떠난 더럽고 몰인정한 호준은 아니었잖은가? 승윤은 어렴풋이 수란은 자기가 돌봐줘야만 한다는 생각이 든 것이었다.

그리고 며칠 뒤, 승윤의 간곡한 청에 의해 책방으로 찾아온 수란을 인근 영양식만을 파는 조용한 식당으로 데리고 가 그 둘은 마주 보고 앉았다.

"…제때 놓치지 않고 식사는 해요?"

승윤이 수척한 수란을 안쓰럽게 바라보며 물었다.

"…네…"

물잔을 두 손으로 움켜쥐고 그 속을 말없이 들여다만 보고 있던 수란이 나지막이 말하였다.

"아일 위해서도 식사는 거르면 안 돼요…"

승윤이 조심스레 당부하자

"…네…"

고개를 숙이고만 있는 수란이 또 잠자리 날갯짓 같은 소리로 대답하였다.

그렇게 잠시 침묵이 흐른 뒤

"내가 물어볼 말은 아니겠지만, 앞으로 아이랑 어떡하고 사실 생각이에요?"

승윤은 참으로 수란의 그 물음에 대한 대답이 궁금하여 물어보았다.

"………."

"…어머닌, 뭐라고 하세요?"

"무당이, 아이부터 지우고 굿 몇 번 하자고 그런데요…"

"…후유… 수란씬 그걸 믿어요?"

승윤이 한숨을 쉬며 수란을 뚫어져라 바라보았다.

"어느 산인지 그곳에 가서 굿하고 왔다면서 엄마가 저한테 하는 말이 그래요⋯⋯⋯"

수란이 수심이 가득 찬 얼굴로 물잔 속만을 들여다보며 나직이 말하였다.

"수란 씨!"

그러자, 승윤이 급하게 그녀를 불렀다.

"도대체 수란 씨 지금 몇 살이요?"

오늘 만나서 지금까지 조근조근 낮은 소리로만 말하던 승윤의 음성이 높아져 가고 있었다.

"⋯⋯⋯"

그 말에 수란은 고개를 더욱 숙였고 양어깨가 서서히 들먹이기 시작하였다.

"왜, 자기 주장이 없어요 왜?⋯"

드디어 승윤이 수란과의 인연이 맺어진 이후 처음으로 보이는 화난 표정으로 수란을 질책하고 있었고

"엄마가 불쌍해서 그래요, 혼자 몸이신 저희 엄마가⋯⋯⋯"

수란은 흐느끼기 시작하였다.

"저희 엄마 처음엔 안 그랬어요. 아빠가 갑자기 사고로 돌아가신 후 막내 뱃속에 가지고서 어디 의지할 데가 없어 동네 사람들 말만 듣고 미신에 기대다가 그만, 그리된 것 같아서예요. 그러나 난, 절대 아이 지울 마음은 없고 엄마가 어서 올바른 생각 해 주기만을 바라며 기

다리고 있는 거예요. 부닥치면 더 마음 문을 닫아두고 사실 것 같아, 내가 힘들더라도 지금은 참고 또 참자, 하면서… 그렇게 기도를 하면서요."

수란의 흐느낌이 더욱 높아져 가기만 하자 그에 당황한 승윤이 서둘러 그녀를 달래기 시작하였고, 그 둘은 그렇게 늦게까지 대화를 나눈 뒤, 너무 늦은 시각에 집까지 바래다줄 수 없었던 승윤은 수란을 호텔에 데려다주고 집으로 가면서 (내가 책임지겠어. 내 진심을 알아줄 때까지 포기하지 않을 거야.) 그날 결심을 하였다.

"…그랬던 거야. 다행히 궁합은 나쁘지 않았던지 수란 엄마가 나와의 결혼은 승낙하셨고. ㅎㅎㅎ… 사실, 수란 엄마가 너와의 결혼 그토록 반대하셨던 것은 수란마저 멀리 타국으로 자신의 곁을 떠나버리면 어린 아들만 데리고 도저히 당신이 기댈 곳 없이 살아갈 자신이 없어 그렇게 극구 반대하셨던 거고…"

호준을 공항으로 바래다주러 가며 승윤의 이야기는 진지하게 때론 숨넘어가게 웃어가며 계속 이어지고 있었다.

"…여러 가지로 힘드셨겠구나…"

"수란보다도 난, 우리 부모님께 어떻게 말씀드려야 할지 그걸 고민했었는데, …너무도 고마우신 분들이야. 너와 있었던 사연 등 자초지종 이야기를 다 들으시고 아버지께서 —그 처자 처지를 생각해서니— 아니면, 그 처자를 사랑해서니?— 물으시길래, 제가 너무도 마음속으로 사랑했던 사람이에요. 하니, —그럼, 뭘 망설이니? 생판 출신 성분도 모르는 아이도 입양해서 사랑으로 자기 친자식처럼 키우는데, 넌, 덤으로 네가 그리도 사랑하던 사람들 아이까지 따라오게 됐잖니. ㅎㅎㅎ― 하신 아버지 말씀에, 엄마도 나를 보며 ―에이구, 사내자식이 그렇게 좋아하면서 진작, 고백도 못 했어? 쯧, 쯧.― 하시며, 고개를 끄덕이셨어."

"…두 분, 정말 사랑이 많으시고 마음이 넓고 인자하신 분이셨어. 인사라도 드리고 왔어야 하는 것을…"

서울서부터 인천공항에 거의 다 오기까지 승윤의 그간에 있었던 일의 되어짐을 조용히 듣고만 있는 호준의 목소리엔 또다시 물기가 가득 배어만 가고 있었다.

(세상엔 이런 분들도 살고 있었어. 이게 내 친구 가정이었어!)

호준은 그간의 자초지종을 남의 이야기하듯 하며 운전하고 있는 승윤의 옆모습을 다시 한번 경이로운 시선으로 바라보며, 정말이지 자기 같은 인간이 도저히 함께할 수 없는 친구를 주신 그와 자신이 믿는 하나님의 은혜에 감사하여 또 속절없이 터지려는 울음을 가까스로 참고 있었다.

아니, 평생 울어야 할 슬픔과 감동의 울음을 이번 귀국 길에 이미 다 쏟아놓고 가는데도 아직 남아 샘솟는 눈물인 것이었다.

―나는 그녀가 어떻게 살고 있는 것인지 그 사정을 몰라 그토록 오랜 세월 죄인으로 참회하며 살았었는데, 이렇게 천사 같은 가족과 수란이 살고 있었다니 이 얼마나 감사하고 고맙고 감격스러운 일인 것인가?―

그날, 승윤의 집에서 수란을 보고 터져 나온 오랜 시간의 통곡을 가까스로 진정하고서 잠깐 둘러본 거실 한쪽 귀퉁이에 놓여 있는 피아노 바로 위 벽에 걸려 있는, 그럴 리 없건만 어디선가 많이 본 듯한 인상의 승윤의 큰딸아이 결혼 사진을 보고 또 솟구치는 울음을 더 참을 수 없었던 그 순간이, 지금도 생각하면 승윤의 가족 누구에게라도 그 앞이라면 언제 어디서고 무릎 꿇고 속죄하여야 한다고 생각하는 호준이기만 한 것이었다.

'…네가, 그토록 괴로워하고 수란을 걱정하고 있는 것이 네 진심인 것을 알고, 너를 그냥 그렇게 보낼 수가 없어서 내가 수란에게 네 얘길 했어. —한번 만나보는 게 어때? 그래야 그 사람 그 기—ㄴ 어둠에서 놓여날 것 같아. 그랬더니, —당신 뜻대로 하세요. 다 지난 일이고 사실, 그 사람 잘못이 아니고 나와 엄마 때문이었잖아요. 큰아이 아빠이기도 하고— 그러더라고. …큰아이 한번 보고 갈래?'

공항으로 떠나기 전, 승윤이 말했지만,

그랬었구나, 하면서 고개를 절레절레 흔든 호준은, 어찌 그 아이를 볼 수 있으랴, 극구 사양하였었다.

—그 아인, 이미 승윤의 큰딸인 것을—

(이보시게! 당신은 참으로 자상한 지아비와 맺어졌고, ..아가! 너는 참으로 귀한 아비를 만났구나…)

언제 다시 오게 되려는지, 호준은 저 아래 멀어져가는 고국 땅을 비행기 창을 통해 내려다보며 또 깊은 상념에 빠져만 갔다.

그것은 예전에 생각하던 가시덩굴이 무성한 어둠의 협곡이 아니고 이젠 정말 천사가 돌보는 듯 모란꽃 향기 넘실대는 잘 정돈된 뜨락을 거니는 행복한 상념이었다.

(하나님도 아실 거야. 육신의 세계에서 일어나는 인간들의 이런 어쩔 수 없는 형편에 대해서…)

호준은, 평생 어둠 속에서 살아야 할 자신이 저지른 죄에 대한 무거운 짐을, 자신도 모르게 이젠 다 내려놓을 수 있도록 용서해 주신 것 같은 하나님의 은혜에 감사하며 복음 가득 품은 신실한 교인들이신 승윤의 부모님과 그 가족들에게 진심으로, 저들 가정에 하나님께서 주시는 은혜의 평강이 넘쳐나기를 기도하고 또 기도하였다.

그러나 호준은,

승윤과 작별의 손을 놓은 뒤 긴장된 검색대를 지나 출국 대기실로 서둘러 찾아 들어가던 그때, 승윤의 바로 뒤 몇 걸음 비켜서 있던 수란과 그 곁에서 사진 속 아이가 눈물을 흘리며 손을 흔들고 있었던 것은 못 본 채,

—모두들 안녕히 계세요—.

(여름날, 시원하게 쏟아지는 소나기 같은 감사함 평생 가슴속 깊이 품고 나도 저리 인연과 생명을 귀히 생각하고 사랑하는 마음으로 베풀며 살리라—)

다짐하고 또 다짐하는 호준을 실은 비행기는

고국 땅을 뒤로한 채 그 옛날 양평 농원을 감싸고 있었던 그 은은한 달빛 속으로 높게 높게 잠겨 들어가고 있었다.

이 루리

"어머 이게 누구야? 혹시 루리… 씨 아니에요?"

"?… 그런데요. …누구신지…? 어머, 아, 아주머니!"

"아이고 이게 몇 년 만이야! 이젠 중년 부인이 다 되었네. 세월
참…"

"ㅎ ㅎ ㅎ 그러게 말이에요."

하루 일을 마치고 영수가 귀가하자 저녁상 앞에 하고 마주 앉은
아내가, 직장 일 끝내고 집에 오는 길에 그로서리에 들러서 장을 보다
루리를 만났다고 말했다.

"누구?"

"이 루리요. 아, 옛날에 우리 킴볼에서 살 때 우리 애들 '베이비시
터' 하던 고등학교 여학생 말이에요."

"…아, 그 학생!"

그제야 영수는 30년도 훨씬 지난 그때 일이 가물가물 생각났다.

—따르릉—

"헬로우—"

1980년대 초 5월 어느 날 오후, 영수는 손님도 뜸하고 문 닫기까지 두 시간여 남아 있는 한가로운 시간, 아침에 사놓았던 '썬타임스' 스포츠란을 다시 뒤적이며 앉아 있다가 전화를 받았다.

"아저씨!"

"어, 그래?"

영수는 시카고 서쪽 동네에서 잡화 가게를 하고 있었고 70년대 한인 이민자 대다수가 그랬듯이 그의 아내도 시카고 북쪽 외곽에 있는 XX 공장에서 조립공으로 오후 반에서 일하고 있었는데 그 공백된 네 시간여를 이웃에 사는 엄마와 함께 서로 시간 맞추어가며 여섯 살 딸아이와 두 살배기 아들아이를 돌보아주는 '루리'라는 동포 소녀에게서 전화가 걸려온 것이었다.

"저기…"

"어, 그래, 왜?"

루리가 당황해하고 있다는 걸 직감한 영수가

(아, 무슨 일이 일어났나 보구나—) 생각하면서도 루리가 더 놀라지 않게 목소리를 낮추어 물어보았다.

"아기가 의자에서 뛰어내리다 '티테이블'에 찧었는데 피가 나요…"

"그래? 어디 다쳤는데?"

"왼쪽 눈 위요…"

"눈은?"

"네, 눈은 안 다쳤어요."

"그래? 아이구야, 천만다행이다. 루리야! 남자애들은 다 그렇게 까불다 다치고 그러면서 크는 거야! 너무 걱정하지 마. 알겠지?"

"네…"

영수는 루리를 우선 안심시키고 어디 어디에 있는 서랍 안에 반창고가 있다는 걸 알려주고 전화를 끊었다.

그런데 5분도 안 돼서

―따르릉―

다시 전화벨이 울렸다.

"헬로우?"

누구에게서 온 전화인지 몰라 목소리를 가다듬고 전화를 받은 영수였지만 가슴이 철렁 내려앉는 게 불안이 엄습해 왔다.

"아저씨!"

역시나 루리로부터 온 전화였다. 그의 떨리는 목소리가 더욱 영수를 긴장케 하였다.

"피가 많이 나요…"

루리가 겁을 잔뜩 먹은 목소리로 다음 말을 이어가지 못하고 있었다.

"반창고 붙였는데도 피가 나?"

"지금은 아닌데 피가 많이 났었어요…"

루리가 울먹이고 있었다.

"그래? 알았다. 내가 지금 곧 갈게. 걱정하지 말고 조금만 기다려 알았지?"

"네."

영수는 영업시간을 철저히 지키는 나름대로 가게 운영 자세가 갖춰져 있었으나 사정이 사정인 만큼 오늘만은 어쩔 수 없지 않은가? 자문하며, 떨리는 손으로 문을 닫고서 아이가 많이 다친 듯한데 피가 반창고 사이로 흐르고 있지는 않았다는 데에 희망을 걸고 서둘러 차를 몰았다.

로렌스 거리와 킴볼 거리가 만나는 코너 아파트에 조마조마한 마음 붙들고 도착하여 차를 주차한 영수가 심호흡 한 번 한 뒤 문을 열고 들어서자 두 살배기 아들아이가 왼쪽 눈 위에 반창고를 붙이고서 아빠를 보자 울음을 터뜨렸고 딸아이는 눈을 동그랗게 뜨고 잔뜩 겁먹은 표정을 짓고 있었으며 루리는 무슨 큰 잘못을 저지르다 들킨 죄인처럼 얼굴이 사색이 되어 있었다.

영수는 서둘러 아이의 상처부터 살펴보았다.

천만다행인 것이 아이의 상처는 왼쪽 눈을 비켜 위쪽으로 약 1.5센티미터 정도 찢어져 있었고 당장 꿰매지 않으면 안 될 정도로 상처가 꽤 깊어 보였다.

"제가 잠깐, 부엌에 간 사이 이렇게 되었어요…"

"괜찮아, 루리야. 눈 안 다친 게 얼마나 다행이냐! 지금 병원 가서 몇 바늘 꿰매면 될 것 같으니까 너무 걱정하지 마라. 애들은 다 이렇게 다치면서 커가는 거야. 에이구, 걱정 많이 했겠구나. 수고했다. 오늘은 이제 그만 쉬고 내일 또 보자."

이왕에 벌어진 일 어쩔 것인가? 우선 울먹거리는 루리를 안심시켜 집으로 보내고 나서 영수는 서둘러 두 아이를 차에 태우고 인근에 있는 병원 응급실로 서둘러 찾아들었다.

이윽고 아이가 하얀 시트에 누웠고 담당의가 상처 부위를 살펴보고 나서 눈 안 다친 게 천만다행이라며 몇 바늘만 꿰매면 되겠다고 말하였다.

"아빠, 가지 마!"

그때, 영수가 잠깐 자리를 비우려 하자 아이가 울먹였다.

"그래, 아빠 어디 안 가. 근데, 너 울면 아빠 나갈 거야! 너, 안 울 거지?"

"으―응―"

집안에서는 아이들에게 한국말만 해 곧잘 알아듣고 말하는 아이가 겁먹은 눈으로 고개를 끄덕였다.

그러자 영수가 아이의 손을 부드럽게 쥐고서 조그맣게 속삭였다.

"주님! 도와주세요. 우리 아기 안 아프게 해주시고 흉터 없이 곧 나아지게 은혜 내려주세요…"

그렇게 치료받는 동안 아이는 울지를 않았고 병원 도착한 지 한 시간여 만에 모든 일을 끝내고 딸아이가 좋아하는 맥도날드에도 들렀다가 집으로 돌아와 문을 여는데

―따르릉―

누가 보고 있었던 것처럼 문 열고 들어서기 무섭게 전화벨이 울렸다.

"헬로우?"

영수가 서둘러 전화를 받았다.

"네, 저 루리 엄마예요."

"아, 네. 루리 어머니…!"

"죄송해요. 루리가 아기를 잘못 봐서… 병원에는 다녀오셨나요?"

"네. 지금 막 다녀오는 길이에요."

"상처는 어떻게…"

"아, 네. 몇 바늘 꿰매고 왔는데 뭐, 며칠 있으면 곧 아물 거라고 하네요. 아이구, 걱정하셨군요…"

"네. 루리가 지금까지 걱정이 이만저만이 아니에요."

"하, 하, 하, 그랬군요. 일부러 그런 것도 아니고 이리저리 뛰어다니는 사내아이 보기가 어디 쉽나요. 어디, 화장실이고 부엌이고 움직일 적마다 애를 데리고 다닐 수는 없는 것이잖아요? 애가 다칠 만해서 다친 것이니 걱정 붙들어 매라고 그래 주실래요, 하, 하, 하, 정말 아무 걱정 말라고 해 주세요. 그리고 오늘 정말 고마웠다고 전해 주시고 내일 또 보자고 해 주세요. 네, 그럼 안녕히 계세요."

영수는 조심스레 전화기를 내려놓았다.

그랬던 루리가 50 넘은 지금, 000대학 사회복지학과 교수로 재직하고 있단다.

아! 어쩌다 길에서 만나게 되면 반가운 관계로 되살아나야만 하는, 인연을 귀하게 생각하며 살아야 할 짧은 인생길에서의 만남들—.

며칠 있다 시카고에 올 때 내외 함께 집을 방문하겠다는 루리를 반기고 싶은 마음에

(주말에는 집안 대청소를 한번 해야 하겠네)

커튼 사이로 보이는 쟁반 같은 달을 보며 영수는 생각하였다.

어느 날 하늘 아래 아침 풍경

그날, 그 시각 그곳 그 시장에는 시루 안에서 둥근 산을 이루고 노릇노릇하게 피어오른 콩나물이며, 네모난 판때기 위에서 모락모락 김을 피우며 질서 있게 누워 있는 두부 모 같은 것을 파는 식료품점은 이른 아침임에도 벌써 문을 열고서 고객 맞을 준비에 분주하였으나, 남성 의류를 취급하는 가게들이 문을 연 곳은 아직 눈에 띄지 않았다.

사내는 잠시, 거의 20년 동안 잊고 있었던 자신의 스물다섯 살 때까지의 기억 속 고국 시장의 풍경을 떠올리고선 골목골목을 주욱 훑어보며 한가로이 시장 안을 돌아다녔다.

그러다 보면 시간이 지날 것이고 그때쯤이면 옷가게들도 문을 열 것이었다.

그 시장은, 서울 남대문시장이나 동대문시장에 비하면 초라하기 그지없는 인천 변두리에 있는 규모가 작은 시장이었지만 좁은 골목마다 시간이 얼마큼 지나면 사람들의 말소리와 발자국 소리 같은 것이 뒤섞여 부산하게 움직일 활기를 앞두고 서쪽으로 비껴 가는 여명 따라 아직은 와주지 않은 빛살을 기다리는 긴장감 같은 것이 감돌고 있었다.

　사내는 누군가가 눈여겨 살펴본다면 수상쩍을 만큼, 시장 안의 이
곳저곳을 기웃거리며 가게와 가게 사이 도로 한복판에 무언지 모를
물건들을 수북하게 쌓아놓은 무더기들을 묶어놓은 나일론 끈을 힘겹
게 풀어헤치고 있는 등 굽은 할머니의 노점상을 지나서 학용품을 파
는 가게 모퉁이를 지나다 흘깃 바라본 골목 중간쯤 저쪽에서 그새 철
문들을 다 걷어내고 바퀴 달린 쇠 철봉 옷걸이에 남자들 가죽 점퍼며
바지들을 주렁주렁 걸어서는 가게 앞 비좁은 골목길에 내어놓고 있
는 한 여자를 보았다.

　사내는 서둘러 그리로 걸어갔다.

　그리곤,

　“좋은 아침이네요.”

　사내가 자기 나이 또래로 보이는 여자에게 아침 인사를 건넸다.

　“?, !, 어, 어서 오세요.”

　여자가, 안면도 없는 사내의 이른 아침 생소한 아침 인사에 잠깐
어리둥절하다가, 이 이른 아침에 웬 손님인가 하여 이내 입가에 미소
를 띠며 반갑게 사내를 맞이했다.

　보기에도 피곤함이 민낯의 얼굴에 드리워져 있는 여자는 깊은 눈
을 가지고 있었고, 여자가 말할 때 겨울 새벽 공기가 하얗게 뿜어져
나오고 있었다.

　“혹시, 여름에 입을 반팔 셔츠 파시는 게 있으십니까?”

　사내는 그가 살고 있는 시카고에서 어쩌다 여름날 사 입게 되는

반소매 셔츠보다는 아무래도 순 한국 토종인 그의 몸에는 한국 현지의 옷이 치수도 맞고 어울릴 것 같아, 고국 방문 마지막 날인 이날 이왕이면 이참에 몇 장 사 갔으면 해서 일찍 잠이 깬 김에 새벽 시장에 나와본 터였다.

"여름옷이요?… 있어요!"

여자가, 아직 봄도 오지 않았는데 웬 여름옷일까? 잠시 의아한 표정을 짓다가 아침 첫 손님을 놓칠 순 없다는 생각에선지 얼른 대답하였다.

"2층에 작년에 팔다 남은 것이 있는데 잠시 기다려 주시겠어요? 금방 꺼내올게요."

여자는 말을 마치기도 전에 사내를 그 자리에 세워두고 가게 구석에 있는 사다리를 통해 어느새 다락으로 오르며 말했다.

사다리가 놓여 있는 한쪽 귀퉁이에는 작은 찬장이며 냄비 같은 것이 놓여 있었고, 손님을 혼자 놔두고 물건을 찾으러 가게를 비우는 것으로 보아 여자는 침식도 가게에서 해결하며 홀로 가게를 꾸려나가는 것으로 보였다.

사내는 더워지는 석유난로를 앞에 하고서 무료히 여자가 내려오기만을 기다리기 시작했다.

그러나, 한참을 기다려도 천장에서 부스럭거리는 소리만 들려올 뿐 여자는 쉬이 내려올 기미가 보이지 않고 있었다. 아무래도 작년에 팔다 남은 물건이라 어디 깊숙이 숨어 있어 찾아내기가 쉽지 않은 모양이었다.

사내는 그렇게 한동안 묵묵히 기다리고 있다가 문득 따끈한 커피 한 잔을 마셨으면 좋겠다는 생각을 하였다.

그리고 그 욕구를 이겨내지 못한 사내는 뒷짐을 지고 슬그머니 가게 앞 골목으로 나와 섰다. 혹시 커피를 파는 곳이 근처 어디에 있지 않나 살펴보기 위해서였다.

그러나 좌우 양켠 어디에도 차를 끓여 파는 가게는 눈에 띄질 않았다.

사내는 고개를 돌려 가게 안 다락으로 올라가는 사다리 위쪽을 다시 한번 살펴보았다.

그래도 여자는 쉬이 내려올 것 같지가 않았다.

사내는, 어슬렁 어슬렁 어쩌다 보니 아까 모퉁이로 돌아 들었던 학용품 파는 골목 끝에까지 나와 서 있게 되었다. 그러다 맞은편 우측으로 두집 비껴서 불 밝힌 다방 간판이 눈에 띄자 잠깐 고개를 돌려 말없이 떠나온 여자의 가게를 바라 보았다.

그러나 그때까지도 여자의 모습은 보이질 않았다.

사내는 잠깐 망설이다가 내친김에 길을 건넜다.

그 사이 여자가 다락에서 내려와 사내가 사라진걸 발견하고 실망할 것이 생각 났으나 —곧 돌아갈 텐데 뭐,— 사내는 생각하였다.

다방은 지하실에 있었다.

세어보진 않았지만 한, 열개쯤 계단을 서둘러 내려가서 다방 문을 당겨보고 밀치자, 스물 초반으로 보이는 붉은 색 머플러로 머리를 질끈 동여맨 아가씨가 문쪽을 향해 두 팔을 잔뜩 벌리고 서서 늘어지

게 하품을 하다가 갑자기 들어선 사내를 보고 깜짝 놀랐다가 이내 계면쩍은 표정을 지으며

"아유, 깜짝이야! 어서 오세요."

바로 등을 보이면서 말했다.

아가씨가 서 있던 옆 소파 위에 이부자리가 아무렇게나 펼쳐져 있는 것으로 보아 아가씨는 그 자리에서 잠을 잤었던것 같았고, 일찍 올 손님도 없겠으나 그래도 습관적으로 문 부터 열어두고 이부자리 개키려던 차에 사내가 들이닥쳐 아가씨를 당황하게 한것 같아서 사내는 본의 아니게 정말 미안하다는 생각을 하였다.

그때, 사내의 기억 한켠에서 햇볕이 하얗게 쏟아져 내리는 어느 여름 날, 시골 버스 정류장 앞 신작로에 한 움큼 바람이 지나자 뿌연 먼지가 이는 정경이 떠올랐고, 돌아서서 그 자리를 벗어나고 있는 여자를향해 느닷없이 떠오른 기억의 한 줄기를 서둘러 잘라낸 사내가

"저, 커피 되나요."

아가씨의 등 뒤 에 대고 말을 하였다.

"그럼요. 잠깐만 기다리세요…"

그러자 아가씨가 뒤도 돌아보지 않고 주방쪽으로 빠른 걸음 하면서 사내의 주문을 받았다.

"저…, 배달도 되나요?"

"그럼요! 멀지 않으면요."

아가씨가 이제는 주방으로 통하는 낮은 쪽문을 고개숙여 들어가며 말 했다.

"네―에. 그럼, 요―앞 학용품 가게 골목 중간 쯤에 있는 남자 옷 가게로 커피 두잔 만 보내 주실래요?"

"남자 옷 가게요? 아, 아줌마 혼자 하는 가게 말 이군요!"

"…네."

그런 것 같다고 생각은 했었지만, 확실치 않았지만 동네 사람이 오죽이나 잘 알아서 얘기하지 않았겠나 하는 생각이 들자 잠시 머뭇 거리던 사내가 고개를 끄덕이며 짧게 수긍 하였다.

"가 계세요. 금방 갖다 드릴게요."

아가씨의 음성이 틀어 놓은 수돗물 소리에 섞여 들려왔다.

주문을 마친 사내는 다방 문을 당겨 열고 계단을 올랐다.

거리에 나서자 차가운 겨울 끝 새벽 바람이 사내의 얼굴을 휘―익 할퀴고 지나갔다.

사내는 서둘러 걸음을 떼어 놓으려다 짐을 잔뜩 싣고서 '찌―르―릉' 달려 오는 자전거를 피해 잰 걸음으로 길을 건너서는 학용품 가게를 지나 골목 어귀에 들어섰다.

그리고, 가게 쪽을 바라보다, 어깨를 축, 늘어트리고서 저쪽 골목 끝을 바라보고 섰다가 가게 안을 살펴 보고 다시 밖에 진열 되어 있는 옷가지들 을 뒤적여 보고 있는 여자의 모습을 보았다.

순간, 당황스러움이 사내의 가슴을 두드리며 미안한 마음이 몰아 쳐 왔다.

이른 아침 첫 손님을 만나 묵은 옷 몇개 팔게 되었나 싶었는데 그 작자가 온다 간다 말 없이 사라졌으니 그 얼마나 황당하겠으며 그냥

갔으면 모르되 내 놓은 옷, 몇벌 들고 라도 갔다면 그 낭패를 어찌 한 단 말인가? 아무래도 여자는 그리 생각하고 있을 것만 같았다.

그때, 사내는 또 아스름한 그러나 잊을수 없는 기억의 저편 피난 시절, 어느 촌락에서 였는지 지금의 저 여자 보다는 훨씬 젊었던 그의 어머니가 칭얼대는 세살박이 여동생을 업고서 이마에 송글송글 맺히는 땀방울을 연신 저고리 소매로 훔쳐내며 불을 지펴 토방에서 삶아내던 감자가 익어가는 냄새 같은것이 맡아졌다고 생각하였다.

"옷은 찾으셨어요?"

사내가 빠른 걸음으로 여자에게 다가가 조심스레 물었다.

"어?…"

여자가 화들짝 놀라며 고개를 돌렸다.

여자의 숨소리가 고르지 않은 것으로 보아 여자는 그 사이, 분명 사내의 생각대로 이쪽 골목 끝에서 저쪽 골목 끝까지 아마도 바쁘게 뛰어다닌 모양이었다.

"어머, …어디 다녀 오셨어요?"

그럴려 한 건 아니지만 어쩌다 보니 여자에게 괜한 걱정을 끼치게 해서 미안한 마음 가득한 사내를 향해 여자의 얼굴이 진달래꽃같이 붉게 피어오르고 있었다.

"갑자기 커피 한 잔이 생각나서요. 그래서 요 앞 다방에 배달 주문 좀 하고 오느라고요…"

사내가 다시 한번 목례를 하며 말했다.

"어머나, 저한테 말씀하시지요. 제 가게에서 타 드려도 되고, 다방 커피 드시려면 여기서 전화해도 되는데… 저는 선생님이 기다리시다가 그냥 가신 줄 알았어요."

사내를 바라보는 여자의 깊은 눈빛이 새벽 호숫물처럼 잔잔해 보였다.

"그러면 되나요. 가면 간다고 말하고 가야지요…"

골목 어귀에서 보았을 때 망연자실해 있던 여자가 이제는 목소리까지 밝게 생기가 돌자, 사내는 아차 하고 조금 전 자신이 저질렀던 어긋난 시간차 자신의 행동에 대한 미안했던 마음이 조금은 사라져 그 역시 상쾌한 목소리로 화답하였다.

"셔츠는 찾으셨어요?"

사내는 여자의 뒤를 따라 가게 안으로 들어서서 주전자에서 하얀 김이 뿜어져 나오는 난로에 두 손을 쬐며 여자에게 물어보았다.

"네. 찾아보았는데 작년에 다 팔았는지 별로 없네요. 여기, 대충 맞으실 만한 사이즈로 몇 개 찾아왔는데 맘에 드시는 게 있는지 한번 골라 보세요."

여자가 꺼내 온 옷들을 활짝 펴서 테이블 위에 올려놓으며 말했다.

"어디 볼까요."

사내가 살펴보기 시작하였다.

그러나, 꼭 이거다! 하는 옷은 없었으나 그래도 사내는 그중에서 세 개를 골랐다.

그러면서 사내는 지금은 그 이유를 알고 있지만 어렸을 땐 정녕 몰랐었던, 항상 빛이 퇴색해 있었던 젊었을 적 자신의 엄마 저고리 고름을 떠올렸다.

"이거면 되겠네요. 얼마죠?"

사내가 물었다.

"네. 작년에 그거, 하나에 8천 5백 원씩 받던 건데 철 지난 것이니 다 받을 순 없고 7천 원씩 셋이니 그냥 2만 원만 주세요."

여자는 마냥 즐거워 보였다.

"네, 그러세요."

사내는 말하며 지갑을 꺼내 들었다.

그때,

"아이 추워."

다방 아가씨가 고개를 잔뜩 움츠리고 보자기를 덧씌운 쟁반을 들고서 가게에 들어서며 진저리를 쳐댔다.

사내는 일단 계산을 뒤로 미루고 아가씨가 서둘러 건네주는 커피 잔을 받아 들었다.

"설탕하고 크림은요?…"

아가씨가 물어왔으나 사내나 여자는 '블랙'으로 마시기를 원했다.

그러자 아가씨가 재빠르게 작은 계란 하나씩을 톡, 톡, 깨어 가져온 빈 종지에 흰자만을 골라내고는 노른자 하나씩을 각자의 커피잔에 넣어주었다.

한국에서 살았을 땐 전연 느끼지 못했었는데, 이건 너무 진하다 싶은 고국의 다방 커피가 사내의 목줄기를 타고 빈 뱃속으로 따뜻이 내려갔다.

"아, 참. 내 정신 좀 봐. 여기라도 좀 앉으세요."

여자가 커피를 마시다 말고 높은 곳에 진열되어 있는 옷을 내릴 때 발받침으로 쓰는 듯한 덧이은 나무토막을 급히 손으로 먼지를 털어내고 그 위에 종이 포장지 한 장을 몇 번 접어 얹어주며 사내에게 권했다.

"아녜요. 저는 서 있는 게 더 좋아요. 아주머님이나 앉으세요."

사내는 극구 사양하면서 후룩, 노른자를 입속에 넣고서 삼키지는 않고 요리조리 굴려 댔다.

그러다 사내는 곧추세운 무릎을 두 팔로 감싸 안고 쪼그리고 앉아 사내와 여자가 커피를 마시는 모습을 말없이 번갈아 올려다보고 있는 아가씨를 발견하고서

(아, 빈 잔을 가져가려고 기다리고 있는 거구나. 추울 텐데…)

생각하고서선 그때까지 입속에서 굴리고 있던 노른자를 꿀꺽 삼키고 나서

"얼마죠?"

아무리 생각해 봐도 좀 길어 보이는 아가씨의 속눈썹을 바라보며 물었다.

"한 잔에 천 원이에요."

아가씨가 빨간 입술을 열며 말할 때 하얀 껌의 한쪽 끝이 어금니에 물려 있는 것이 보였다.

"아녜요, 제가 낼게요."

그러자 여자가 사내의 돈을 꺼내려는 동작을 급히 제지하고 나섰다.

"아니죠. 제가 주문한 거니까 제가 내야죠."

사내가 재빠르게 3천 원을 아가씨에게 주면서

"천 원은 아가씨 걸음값이에요."

하고 말하자 돈을 냉큼 받아드는 아가씨가 오른쪽 눈을 한번 감았다 뜨고는 쟁반에 보자기를 두르기 시작했고 남은 커피를 훌쩍 들이킨 사내와 여자는 서둘러 빈 잔을 아가씨에게 건네주었다.

"고맙습니다."

아가씨는 사내가 조금 전 다방 안에서 보았던 것처럼 등을 보이고 어느새 가게를 나서며 누구에게라 할 것 없이 인사를 하였다.

"미쓰, 고마워요. 잘 마셨어."

"잘 마셨습니다."

여자와 사내는 아가씨의 등 뒤에 대고 반쯤 고함을 질러댔다.

(커피는 천천히 음미하면서 마셔야 하는 건데.)

사내는 급히 마셔버린 커피가 좀 서운했으나 얼른 그 마음을 털어내곤

"이젠 그만 가봐야겠네요."

그때까지 치르지 못했던 옷값을 여자에게 건네주며 인사를 하였다.

"고맙습니다. …외국에서 오셨죠?"

여자가 깊은 눈으로 사내를 바라보며 말했다.

"네. …어떻게 아셨어요?"

사내가 말하자

"그러신 것 같았어요. 고맙습니다. 커피도요."

여자가 사내의 옷을 주섬주섬 개키다 말고 돈을 건네받으며 잠깐 미소를 띠며 말했다.

그리곤 무슨 할 말이 있는데 참는 것처럼 아쉬움이 담긴 표정이 잠깐 얼굴에 깃들었다 사라졌다.

"내, 그럴 줄 알았어. 형부! 이거 어디서 사셨어요?"

잠시 귀국하여 서울도 가깝고 해서 임시 거처로 정한 그 시장의 이웃에 살고 있는 둘째 동서 집에 사내가 보따리 하나를 들고 집 앞에 이르자 이 동네 지리도 잘 모르면서 아침 일찍 집을 나선 형부가 아침 먹을 시간 다 되어 가는데도 종무소식이자 대문 밖에 나와 서성이던 처제가 그의 보따리를 받아들고 내용물을 살펴보다 대뜸 묻는 말이었다.

"어, 요 앞 시장에서…"

"얼마 줬어요?"

"2만 원."

"하나에?"

"아니, 셋 다."

"와―, 그래도 바가지는 톡톡히 썼네. 이게 하나에 7천 원씩이야? 그 가게 어디쯤 돼요? 이거 갖다 물려야 돼."

처제는 분통이 터져 금방이라도 사내에게 옷을 판 가게를 알아내 쳐들어갈 태세였다.

"그렇게 비싸지는 않은 것 같은데… 미국에선 이런 옷 하나에 10불 (당시 환율: 약 1불에 천 원) 훨씬 넘어."

사내가 어느덧 여자를 두둔하는 듯한 말을 하고 있었고

"형부! 이건 철 지난 것이잖아요!"

처제는 연신 투덜거리고 있었다.

그러나 사내는 더 이상 할 말이 없다는 듯 입을 꾹 다물었지만, 입 가에 엷게 띤 미소는 사라지지 않고 있었다.

(그래, 지금까지 내 인생에 있어, 전연 일면식도 없던 사람에게 나로 하여금 하루의 시작을 본의 아니게 얼결에 어둡게 했지만 밝게 끝을 본 이 좋은 기분을 어떻게 설명하면 좋을까? 뒤틀렸던 시작보단 결말이 좋게 끝맺음하게 되는 것, 이게 다 하나님의 자녀들이 살아가야 하는 세상살이가 아닐까 싶어… 아! 오늘 아침 나는 정말 상쾌한 걸…)

사내의 어깨에 앉아 있던 겨울 끝 햇살이 처제의 등을 토닥이는 사내와 함께 대문 안으로 성큼 들어서던, 삼십 년도 더 지난 오늘에도 잊히지 않는 사내가 맞이한 고국 방문 하늘 아래 어느 날 아침 풍경이었다.

누군가 그대를 위하여

성탄절 며칠 앞두고 새벽 별 파수 보는 시각에

"니, 이 꼭두새벽에 또 어데 가노?"

자는 줄만 알았던 남편이 어느 틈에 일어나 벽에 등을 기대고 앉아 묻고 있었다.

"…다 알면서 왜 또 그래요…"

행여 남편이 깰세라, 불도 밝히지 못하고 반쯤 열어젖힌 커튼 사이로 스며드는 별빛 받아 나갈 채비를 차리던 아내가 '철렁' 내려앉는 가슴을 쓸어내리며 (저 양반, 귀도 밝지…) 그게 참 야속하단 생각을 하며 말을 받았다.

"니 참말로 새벽마다 나갈 끼가?"

말이란 입 밖으로 나와야 그게 말이 되는 것일 텐데, 무엇인가 삼키지 않고 잔뜩 입에 물고서 흡사 자기가 생각하고 있는 것에 대한 자기와의 약속을 다짐이라도 하는 듯한 모양새로 남편 마음 어찌됨이 조금 열린 입술 사이로 새어나오고 있었다.

"아이구, 같이 가자고 안 깨운 것만도 좋게 알고 계세요…"

얼추 삼십 해 부부의 연을 맺고 살다 보니 대충 남편의 그렁저렁 속내를 알고 있는 아내는, 지금 남편의 행태가 어두웠던 어느 시절, 형사들 흉내 내는 듯한 저런 우격다짐에는 옛날 국민학교 시절 동아수련장 맨 뒷장에 나오는 답안지 보듯 대답하는 것이라는 듯 대수롭지 않게 말을 받았고,

"니 오늘 못 간다!"

"와 못 가노?"

아내는 마악 위에서부터 뒤집어 내려 입은 흰색 원피스 뒷등의 지퍼를 앞쪽에서 여유롭게 '지익' 올리곤 돌려 입으며 남편의 고향 말을 흉내 내었다.

그다지 모질지 않은 사람, 과히 억지 쓸 것 같지는 않다는 남편의 속내를 아내는 이미 파악하고 있는 것이었다.

"니 방언 은사라는 걸 받았나? 그런 은산 내도 받았다. 그랑게 그란 줄 아시오, 잉!"

이번에는 남편이 아내의 고향 말을 흉내 내었다.

"다녀올게요."

이왕에 깬 남편, 조심스레 행동할 게 뭐가 있겠냐는 듯, 아내가 조금은 부산하게 나갈 채비를 마치고 방문을 열고 나가자

"니, 내 말이 말 같지 않나?"

곧이어 남편의 고함이 문 닫는 아내 등 뒤로 떨어졌다.

해가 머리 위로 떠 있는 시각.

남편은 오전 내내 심기가 불편하기만 하였다.

자신의 직장인 'OOO 동포 신문사'에 출근하자마자 자기 책상 위에 놓여 있는 어제 저녁 [XX 봉사회] 모임을 취재한 '미쓰 리' 기사가

"이게 뭐꼬? 소설 쓰고 있는 기가? 기사란 육하원칙에 의해 써야 되는 기 아이가?…"

사사건건 부아가 치밀었고, 꼭 두 집 살림 차린 사람 모양, 시도 때도 없이 자신의 옆자리를 사막에 모래바람 일듯이 황량히 비워버리는 아내가 요즈음엔 꼭 남같이만 생각되고 엉터리교에 빠진 어리석은 여자 같아 일도 손에 잡히지 않는 것이었다.

자식이라곤 그 매콤한 고추 하나 없이 남편 생각엔 '미쓰 아메리카'를 둘이나 두었는데 'U of I'라는 대학에 무슨 술 종류 같은 '샴페인' 시에 있는 학교 기숙사에서 큰 녀석은 4년째, 작은애도 벌써 1년째, 방학 때나 그것도 잠시 얼굴을 볼 뿐, 매일 단둘이 살면서

(이 힘든 세상에 내, 널 을매나 위하고 생각해 주는긴데 닌, 내 말고로 또 누굴 의질 하겠다고 우째 시도 때도 없이 내 옆자릴 비우냔 말 인기라…) 게다가 요즘엔 무슨 부흥회라나, 부쩍 늘은 아내의 밤 외출까지 남편은 여엉 마땅치가 않은 것이었다.

(예수가 뭐꼬?)

밤이면 팔다리가 아프다고 힘들어하는 아내가, (그렇다고 때를 잊고서 가정일 소홀히 하고 밥도 안 해주고 싸돌아다니는 것은 아니지만) 신새벽에 일어나 부지런을 떠는 것이 한편 생각에는 신기하면서도, 그게 꼭 이 세상 하늘 아래 하나밖에 없는 남편, 자기 자신을 믿고 의지하지 않게 된 것이 순진한 사람 현혹시키는 사이비 교에 혹여 빠

져 있지나 않은 것인지 남편은 스멀스멀, 그게 두렵고 부아가 치미는 것이었다.

아내는
어린 시절, 친정 초가 지붕 위로 달님이 구름을 여는 시각에도
—치맛두른 아그들은 손끄트머리가 야물딱스러야 하는디…—
다섯이나 되는 딸들을 앉히고 뉘어놓고, 여름나절 땡볕에 밭일하고 집에 돌아와서도 저녁밥 지어 식구들 건사하고, 늦은 시각까지 반짇그릇 앞에 하고 한숨 쉬던 친정엄마 뜻에 따라 배우게 된 바느질 솜씨 덕에 어쩌다 미국 와서 운영하게 된 쏠쏠히 재미 보는 '드롭 오프 숍', 언제나처럼 정확하게 시간 맞춰 문 닫고서 부리나케 집에 와서는, 이것저것 버무리고 데치고 볶아서 그때까지 밥상 앞에 하고 각종 동포 신문을 들추고 있는 남편 앞에 바삐 저녁상을 차려놓고선 그날, 드디어 분주함을 멈추고 둥근 식탁에 남편과 마주 보고 앉았다.

아내는, 현대를 살아가는 부부 누구나 그렇겠지만, 둘 중 누구 하나 빈구석이 보이면 그걸 타박하지 말고 서로서로 채워주고 배려하며 살아가는 것이지, 그렇다 한들 그게 무슨 자존심 상할 거냐며 아내는, 정말이지 가정 경제에도 보탬을 주며 남편이나 아이들에게 누구 못잖게 자상한 아내요 엄마이기만 하였다.

"옹야, 이자 다 됐나! 우째 이래 꼼지락거렸노?"
아내를 도와주기는커녕 허겁지겁 수저 가득히 밥을 떠서 입속에 넣은 남편은, 뭐 마땅히 집어 먹을 것이 없나 며칠 전, 대가리하고 꼬

58

리, 똥까지 따서 볶아놓은 멸치하며 볶은 깨에 가지런히 썬 실고추에 버무려진 콩나물을 젓가락으로 몇 번 뒤적여 보더니만 쫓기는 시간에도 정성 들여 만들어놓은 봉긋하게 솟아오른 계란찜을 수저로 푸―욱 떠, 한 입 물고서 이번에는 김치 조각을 헤집고 있었고, 아내는 어느 반찬이든 밥술 뜨며 미리 보아 두었다가 단번에 점찍어 놓았던 반찬을 집어먹곤 하였다.

그렇게, 서로의 밥그릇이 어느새 반쯤 비워져 가고 있었지만 내외는 토―옹 말들이 없었다. 그저 '우적―아적' 남편의 음식 씹는 소리와 '소각―사각' 아내의 입 놀림뿐, 남편은 심각한 표정을 지으며 아내를 일격에 쓰러뜨릴 묘안을 궁리 중인 것만 같았고, 아내는 아내대로 그에 대한 대비책을 강구 중인 것만 같은 야릇한 공기가 그 시간 그 집 밥상 위에 긴장으로 내려앉고 있었다.

어쨌거나 음식 말이 나와서 말이지만, 아내는 절대로 반찬을 뒤적이는 버릇이 없었다.

친지 집이나 무슨 모임이 있는 식당에 갔을 때 마침 맛 좋은 갈비를 구워 먹는다 해도 아내는 집게나 여분의 젓가락이 없을 때에는 꼭, 자기가 먹던 젓가락 반대쪽으로 뒤적여 맞춤맞게 굽고선 다시 본래의 자기가 사용하던 쪽으로 그것들을 집어먹었지 함부로 여럿이 먹을 음식에 자신의 입속으로 들락거리던 쪽으로 이것저것 활개치며 들쑤셔 놓는 법이 없었다. 모름지기 그런 행동들은 당사자들이 알아서 할 나름대로의 예의요 건강 수칙이지, 자신이 가타부타해서 여럿의 관계가 서먹해지는 그런 사안이 아니라는 생각이었다. 그러나,

"이거 한 번 먹어봐. 정말 맛있네."

드문 예지만, 자기가 집어먹던 쪽으로 친밀감을 가진 어느 누군가 먹거리를 집어 자신의 밥그릇에 넣어주는 친절을 베풀면

"그렇게 맛있어?!"

싫은 내색 없이 정말 달게 먹는 모습을 보이는, 아내는 그런 여자였다.

남편의 일상인 며칠 전.

한 동네에 사는 동년배 동포와 친구가 되어 여느 때와 같이 이른 아침 동네 공원에서 만나 걸으며 이런저런 이야기를 하던 중, 매일 몸이 아프다면서도 새벽 예배 빠지지 않는 자신의 아내 신앙생활에 대한 얘기를 하게 된 것이 마침, 교회에 건성건성 다니는 친구인지라 어떻게 내 아내 교회 못 다니게 할 방법이 있지 않겠나 해서 조언을 받을 요량으로 자기 가정사를 토로하게 되었는데, 그 친구는 그의 말이 끝나기가 무섭게

"나는, 교회 안 다닌 지 1년 다 돼 간다."

그 친군, 그동안 보여주던 항상 미소 띠며 상대방 기분 좋게 하던 인상 금세 어디론가 사라지고 그답지 않게 벌레 씹은 듯 오만상을 짓는 것이었다.

"와?"

남편이 그의 뜻밖의 태도에 의아해하자, 들려준 그의 이야기는 듣는 이도 참으로 씁쓸해질 수밖에 없는 이유를 품고 있었다.

친구가 들려준 사연은 이랬다.

1년 전 어느 토요일 밤. 사우스 지역에서 하는 자신의 옷 가게 문
닫고서 관여하고 있는 모 단체 모임에 참석하여 저녁밥에, 회원들과
어울려 맥주 한 잔 곁들이고 붉으스레한 얼굴로 늦으막히 시 외곽에
있는 집으로 돌아오자, 개라지로 들어가는 드라이브웨이에 '—지금쯤
아빠가 오실 것이다—' 가늠한 친구의 고등학생 딸아이가, 밤바람 쐬
듯 기다리고 있다가

"아빠! 목사님 오셨어!"

그 시각 집안 사정을 속삭여 주었다는 것이었다.

—늦은 시각, 목사님은 오셔 계시는데, 아빠가 이리 늦은 시간 귀
가하신다면, 틀림없이 맥주 한 잔에도 붉어지는 얼굴로 들어설 것 같
으니 신앙생활 잘하고 있는 내 딸내미가 얼마나 마음 졸이며 아빠를
기다리고 있었겠는가 싶으나—

"그래?"

그는 두말없이 그대로 차를 돌려 거리로 나섰다 하였다.

그 친구, 남매를 두었는데 아침저녁 두 아이 얼굴도 제대로 못 보
는 것이, 아침 여덟 시쯤 두 내외 어느 땐 함께 나갔다가 일러도 여덟
시 다 되어서야 귀가하는 일상에, 그날따라 그 친구 관여하고 있는 단
체 모임이 있어서 따로 차를 타고 나가게 되었고, 식구가 다니는 교회
목사님이 어찌 이 늦은 시각에 약속도 없이 심방을 오셨는지, 아빠 생
활에 마음 쓰이던 딸아이, 목사님 심방에 얼마나 마음이 졸였을까—,
애비 마음 난감하기 그지없긴 하지만 어쩔 수 없이 밤늦은 그 시간에

동네를 돌아다니다 생각해 보니 괜히 맥주 한 병 마시고 순경에게 걸려 곤욕을 치르느니 혹시, 이쯤에서 목사님, 돌아가시지 않았을까 하여 20여 분쯤 배회하다 집으로 돌아갔는데 밤 열 시 다 된 그때에도 목사님은 꿈쩍도 안 하고 친구를 기다리고 있었다는 것이었다.

(아유, 목사님, 오셨어요!…)

어쩔 수 없이 집안으로 들어서며 술 냄새 날까 봐 목소리 죽이고 목사님께 붉은 얼굴 바로 쳐들지도 못한 채 인사를 드리자, 거실 소파에 앉아 그를 기다리던 목사님이 떨떠름한 표정으로 찬송가를 부르자더니 자기에게 성경 구절 읽게 하고 장황하게 설교하시고선 그제서야 일어나셨다는 것이었다.

그것으로 끝났으면 얼마나 좋았을까—. 그게 그렇지 않았던 것이 그다음 날, 그 친구에게, 속 뒤집어지는 사건이 터졌다는 것이었다.

다음 날 들쑥날쑥하는 자신의 믿음 생활에 일부러 그랬겠냐마는, 본의 아니게 어제 목사님께 못 볼 꼴을 보여드렸다는 죄송스런 마음에 약속은 없었지만, 늦게나마 찾아주신 목사님 심방이 고마워서 피곤한 가운데에도 그날 주일 예배에 참석하게 되었는데,

"…술 취해 눈알이 시뻘개 가지고 밤늦게 돌아다니며 예수 믿겠다고 하니…"

설교 시간, 주의 종 말씀에 온 신경을 집중하여 듣는 성도님들 중 아무도 그 주인공이 누구인지 몰랐어도 자기 식구만은 알아들을 수 있는 말을 하는 그 목사님 말씀에, 친구는,

—다는 그렇지 않겠지만, 영적 질서에서 이탈한 길 잃은 양, 이런

저런 육신의 삶 무게를 벗어나지 못해 살면서도 그래도 영혼의 평안을 찾아 교회로 찾아들었을 땐, 그 누구보다 더 반겨줘야 할 목자가, 피곤하기만 한 삶 가운데에서도 마음의 안식을 사모해 찾아든 양을, 영적 우위에 계신 목사님이 주님의 십자가 사랑, 바로 그리스도 복음은 잊은 채 저 무서운 율법으로 족쇄를 채워 구속하려고만 하는 행태에, 그만, 얼굴이 화끈거려 친교도 안 하고 돌아온 자기 식구들 그 교회에 발걸음 끊었고, 아이들은 친구들 따라 다른 교회로 옮겼는데, 일 년이 다 돼 가지만 그날 이후 그 목사님, 단 한 번도 찾아오기는커녕, 전화도 없었고 그 이후부터, 친구 부부는 신앙생활 접게 되었다는 이야기에, 남편은 더욱, 아내의 일편단심, —그 길을 막아야겠다고 그날부터 마음을 더욱 굳건히 다진 것이었다.

그 목사님께서 그 예배 시간 말씀에, —이런저런 성도 비위 맞추시라는 것이 아니라—

(여러분! 육신의 삶이라는 게 참, 고달프시죠? 그럴수록 다른 것에 의존하지 말고 하나님 말씀을 경청하고 순종하며 말씀에 의지해 살아가셔야 될 줄로 압니다. 육신의 문제, 육신의 욕망 따라 찾아가지 마시고 그 답은 꼭, 성경 말씀에서 영적으로 찾아가세요. 거기 다 나와 있어요—. 성도님들의 밤 시간은 쉼의 시간이에요. 무리하시지 않는 선에서 일찍 귀가하여 아이들과의 대화 시간 꼭, 만들어 가시고요, 언제든지 저와 함께 성경 공부해 보세요. 분명, 우리 모든 성도님들 주님과 가까워지는 은혜의 길을 찾게 될 것이에요.)

이랬어야 하는 것이 옳지 않았겠냐는 것이 그 친구의 그날 열변이었던 것이었다.

긍정의 힘인 자신감을 주면서 복잡다단한 세상 누구를 의지하고 살아가야 할 것인지 말씀을 주신 것이 아니라 오히려 당신께서 울타리 벗어나 배회하다 찾아든 아직 믿음 약한 양을 정죄하고 누구라 지칭은 안 했지만, 면박을 주어 복음을 떠나게 한 그 목사님, 그 목사님께선 친구가 정말 쓸모없는 쭉정이 같아서 뽑아버렸다 생각하셨는지는 모르겠지만, 굳은 믿음 없이 들락거리는 성도였다 하더라도 친구의 그간 사정이 남편에겐 자기가 당사자인 듯 묵직한 바위 하나, 가슴에 들어앉게 된 것이었다.

그날,

그렇게 별 탈 없이 또 하룻밤이 깊게 익어가고 있는 시각, 내외는 나란히 침상에 누워 잠을 청하고 있었다.

조금 전, 12월에 웬 비 오는 소린가 하여 아내가 커튼을 젖히고 밖을 내다보았을 때 뒤뜰 장명등 불빛 아래 얼핏, 몇 닢 낙엽이 달음질치고 있었을 뿐 온 동네는 깊은 고요 속에 잠들어 가고 있는 시각이었다. 그리고 방안은, 아내가 조금 전 젖혀 놓았던 커튼 사이로 별빛이 은은히 비집고 들어와 있었으나 내외는, 저녁의 만남에서부터 지금까지 아무 말들이 없었다.

(집에 오면 맨날 피곤하다면서도 뭐 할라꼬 새벽잠을 설치며 싸다니노?)

남편의 불만은 좀체 사그라들지 않고 있었고

(주님! 언제쯤에 제 기도에 응답해 주시려는지요…)

아내는, 남편이 주일이 되면 자신과 함께 교회에 가서 주님을 찬양하게 될 날만을 학수고대하며 기도의 끈을 놓지 않고 있었다.

그때,

"3장 7절…"

남편이 느닷없이 중얼거렸다.

"?"

"…당신, 성경책 어데 있노?"

"?"

"…요한복음 3장 7절."

남편의 음성이 황망히 떨리고 있었다.

그의 말에 깜짝 놀란 아내가 서둘러 자리에서 일어나 불을 밝히고 화장대 위에 놓여 있는 성경책을 펴 들었으나 아내의 손은 속절없이 부들부들 떨리고만 있었고, 도대체 '신약'이 자신이 들고 있는 성경책 왼쪽에서부터 펼치는 것이 빠른지 오른쪽에서 펼치는 것이 더 찾기 쉬운 것인지 '약자 표' 찾아야 하는 걸 까맣게 잊고 있었고 잠시 혼돈이 이는 가운데, 그래도 발끝에서부터 머리 위로 치솟는 경련은 바로 감동 때문이라는 것을 아내는 벅찬 희열로 받아들이고 있었다.

"이리 도고! 어데고?"

아내가 마—악 구절을 찾아 펼쳐 든 성경책을 낚아챈 남편은 아내가 손가락으로 짚어 준 곳을 눈으로 읽어 가더니 점점 눈이 화등잔만하게 커져만 갔다.

그러다

"허—억."

한숨인지, 터져 나오려는 울음을 잠깐 삼키는 것인지 모를 소리를 내지른 남편이 털썩, 침상에 무릎을 꿇고 별빛 어른거리는 창문 쪽을 뚫어져라 응시하며 숨을 고르고 있었다.

그러는 동안 아내는 한참을 미동도 하지 않은 채 남편의 그런 모습을 지켜만 보고 서 있다가 슬며시 남편 손에 들려 있는 성경책을 뺏어 들고 그 구절을 찾아 조용히 봉독하였다.

"요한복음 3장 7절 —내가 네게 거듭나야 하겠다 하는 말을 놀랍게 여기지 말라—"

(아멘. 아이고 아버지, 감사합니다. 감사합니다…)

아내가 털썩, 카펫 위에 무릎을 꿇고 두 손을 모아 잡고서 흐르는 눈물을 진정치 못해 하였고

"허—엉"

남편의 속울음이 그제서야 터져 나왔다.

"여보—오!"

얼마의 시간이 지난 후, 아내가 그때까지도 훌쩍이고 있는 남편의 어깨를 감싸 안으며 나직이 불렀다.

"허—엉"

그러나 체면과 위엄을 갖추고자 하는 속내와 달리 자꾸만 밀려오는 통곡에 쫓겨가는 남편은 쉬임 없이 흐르는 눈물을 그저 속수무책

으로 받아들이고만 있었다.

참으로 기이한 일이었다.

대학 시절, 어느 교수님의 은근한 전도와 이민 오기 전, 모 신문사 기자의 신분으로서 어떤 사이비 교회를 취재하면서 도대체 예수가 누구인데 이리 시끄러운가 하여 성경책 한 권을 통독한 적은 있었지만, 도처에서 보이는 선지자라 일컫는 성경 속 인물들의 기적 행함이 과학적으로 설명이 안 되고 상식적으로도 이해가 안 되어 나하고는 별개의 세계다 해서 그 이후 거리를 두고 살았고 교회에 가 본 것이라곤, 아내가 좋아하는 것을 구태여 다투기 싫어, 어쩌다 한 번씩 바래다주다가 어느 땐 함께 예배도 드리게 되었지만, 교회 의잔 왜 그리 딱딱하고, 이제 마지막으로, 마지막으로, 하시는 목사님 설교 말씀은 언제나 끝나는 것인지 좀이 쑤셔 ―내 다시 오나 봐라―, 그나마 다섯 손가락으로 세어도 남을 만한 예배 참석인데, 어찌 옛날에 한 번 읽었었던 기억에도 없는 성경 구절을 지금 내 입으로 부르짖을 수 있게 된 것인지? 내가 누구 말처럼 닫혀 있는 문을 두드린 것도 아니고 엄밀히 말하자면 내 문도 열어놓지 않고 있었는데 느닷없이 밀치고 들어선 이 엄청난 충격, 아니, 지금까지 잠들지 않고서 아내가 교회를 다니지 못하게끔 그 구실을 찾고 있는 중이었는데 그 방벽을 순간에 허물고서 쳐들어온 이 저항할 수 없는 강력한 힘.

―아! 거역할 수 없는 이 힘은 어디로부터 오는 것입니까? 누구시기에 이 밤에 저를 회한으로 저미게 하십니까?―

남편의, 오십여 평생 인생 여정의 한 점에서, 그것도 자력이 아닌 알 수 없는 어느 힘에 이끌리어 자신도 모르게 부르짖은 생소하기만 한 요한복음의, ─내가 네게 거듭나야 하겠다…─는 그 말씀은, 자신의 속을 꿰뚫어 보시고 앞으로 자신의 삶의 방향까지 설정해 주신 확언이시기만 한 것 같고, 전지전능하신 하나님께서 지금까지 견고했던 자신의 무신론적 완악한 마음을 드디어 무너뜨리고 계시고 있다는 것을 그는 그 시각, 그렇게 깨닫게 된 것이었다.

물이 없으면 온갖 생물들이 살아갈 수 없듯이, 사람들은 하나님 말씀 없인 살아갈 수 없는 것이겠구나!─ 남편은 생각하게 되었고, 누구는 떠났고 누구에겐 떠나겠다 하는데도 찾아드시는 이유가 무엇인지? 숙제로 남긴 채, 자신을 돌아보게 하는 은혜의 말씀을 받지 못하고 정죄만 받아 복음을 떠나게 된 아침 친구를 향해, 양들은 목자를 잘 만나면 되는 것 아니겠는가? 이 말을 꼭, 그 친구한테 얘기해 줘야겠다고, 생각은 꼬리에 꼬리를 물고 이어져만 가고 있었다.

얼마의 시간이 더 흐른 후
"여보! 내 말 잠깐 들어보실래요."
아내의 목소리가 가늘게 떨리고 있었다.
"……."
남편은 그제서야 겨우 멈춘 울음 끝에 말없이 아내를 바라보았다.
"여보! 누구나 인생에 눈물이 없을 순 없어요. 육신의 삶, 절대 만만치 않은 것 당신도 잘 아시지요? 그런데요, 요한복음서에서 보면,

예수님께서 공생애, 이게 무슨 말인지 당신도 잘 아실 것이에요. 이 기간 중 주님께서 첫 번째 이적을 베푸셨는데, 그게, 혼인 잔칫집에서 포도주가 다 떨어지자 주님께서 물을 포도주로 변화시킨 사건이셨어요. 예수님이 이천 년 후, 동쪽 해 뜨는 한국이라는 나라의 기독교인들은 알코올 성분이 든 어떤 종류이든 마시지 말아야 한다는 것을 몰라서 물로 포도주 만드시는 것을 세상 오셔 첫 번째 기적으로 행하셨겠어요? 잔칫집이 어떤 곳이에요? 사람들이 많이 모여 있는 곳이잖아요?! 그럼, 포도주는 또 무슨 색깔이에요? 붉은색이잖아요. 붉은색을 다른 말로 표현하면 핏빛이라고도 하고요. 그럼, 피는 무엇을 상징하는 것이겠어요? 그래요, 바로 생명이죠! 많은 사람들을 구원하러 오셨다는 것을 그날, 그 사람 많이 모인 잔칫집에서 그 기적을 행하심으로 우리에게 그리스도 되시는 예수님의 이 땅 오신 사명을 보여주신 게 아니겠어요? 나는 그 기적 행하신 구절을 읽으며 그때의 그 장면을 떠올리다가, 다른 참뜻이 계신 것인지도 모르겠지만, 주님께서는 비유로 말씀을 많이 하시기에 나 나름대로 그렇게 주님의 뜻을 깨닫고선 그때 얼마나 감사하며 전율했는지 몰라요… 저는, 세상 살아오면서 정말 용서하고 싶지 않은 사람도 있었어요. 그러나 어찌 보면 나도 그 누군가에겐 용서받지 못할 사람이었었는지도 모르잖아요. 그런데요, 하나님께서는 그런 사람도 구원하시려 몸소 육신으로 오셔 십자가에 스스로 제물이 되셨는데 내가 미워했던 그나 나나 똑같은 죄인인 내가 그 누구를 저주할 수 있었겠어요? 요한복음서 전체의 뜻이 <믿으라>인 것처럼 우리는 살아계셔 지금도 역사하고 계시는 하나님의 독생자이신 우리들의 주, 예수 그리스도를, 그렇게 우리를 죄에서 구원하시고 새 생명을 주시려 이 땅에 오신 구세주로 믿어야만 되는 거예요. 우리가 동계 올림픽 때 ―김연아― 가 나오는 피겨스케이트 장면을 보려면 그 시합을 중계해 주는 TV 채널을 맞추어서 보아야지 엉뚱한 채널을 자꾸 틀어대며 보려 하면 그게 보여지겠어요? TV 센서에 주파수를 정확하게 연결시켜야만 되듯이 우리의 영과 혼이라 일컫는 우리의 마음과 우리의 육신적 삶 모두를 하나님께 고정시키고 말씀의 그 연결선을 따라 우리는 이 세상을 살아가야 하는 것이라고 나는 믿어요. 우리는 항상 많은 것을 추구하며 살고 있지만, 많음 가운데에선 절대, 평안이 깃들 자리가 없어요. 적당하게, 소식하는 사람들이 건강한 것처럼, 넘치지 말고 조금 모자란 듯한 가운데에서도 삶을 영위할 줄 아는 지혜가 곧, 평안한 삶을 사는 것임을 우리는 알아야 할 것 같아요. ―죽은 뒤 알게 뭐야? 한 번 사는 인생, 풍족하고 신나게 살아야지― 어떤 이는 그렇게 말도 하지만, 여보! 고작, 요즘 말로 인생 백 세를 위해 육신의 이끌림대로만 살면, 우리들, 흙으로 빚어진 몸은 흙으로 가고 하나님의 생기를 받아 생령이 된 우리들 영 또한 주신 분께로 돌아가야 할 것이 마땅할 터인데 생각 없이 그걸 잊고 본향으로 돌아가서 그 엄청난 무한 시간 속 영의 삶을 어찌 감당하려고 깊은 생각 없이 살려고들 할까요?… 성경 말씀에서 있다 하면 있는 것이고, 했다 하면, 한 것이라 믿어야 하는 것이에요. 세상 살며 착한 일 했다 해서 천국 백성 되는 게 아니에요. 조직폭력배 중에도 자기 가족을 생각하고 동료를 생각하고 걸인을 보면 적선하는 여린 심성을 가진 자도 있겠죠. 그렇다 하더라도 그는 어쩔 수 없는 포악한 집단의 한 무리일 뿐이에요. 우리는 부활하셨던 주님을 하나님의 독생자, 우리들의 그리스도 되심으로 믿어 구원자로 영접하고, 주신 말씀에 순종하며 실천하며 사는 자만이 이 세상에서도 천국 백성이 되어 누리고 살 수 있는 것이에요… 당신, 앞으로 믿음 생활하시면서 간혹, 목회자나 교인들 중 안과 밖이 다른 이들을 만날지도 몰라요. 그래도 당신은 마음에 상처받지 말고 횡적이 아닌 종적으로 오직, 주님만 바라보고 교통하시길 바라요… 하나님께선 각 자녀들에게 여러 모양으로 찾아드신다는데 오늘, 당신에겐 말씀으로 찾아주셨군요. 여보! 당신은 이제 머잖아 세례를 받게 될 것이고, 하나님이 기뻐하시는 자녀가 되실 것이에요. 오늘은 정말, 하나님이 심고 피워 주신 복음이란 꽃길 따라 당신이, 찾아오신 주님을 맞이하신 엄청나게 감사한 은혜의 날인 것이에요. 여보! 하나님께 감사드리고 당신 정말 축하하고 고마워요!!!"

말을 마치며 아내가 남편의 볼에 쪽, 소리가 나게 뽀뽀를 했으나, 남편은 아무 말 없이 젖은 눈으로 아내를 바라만 보고 있을 뿐이었다.

그렇게, 그 밤이 끄트머리로 밀려가고 있는 시각임에도

(아버지! 감사합니다. 주님! 응답해 주셔서 감사합니다.)

아내의 기도는 쉬이 끝나지 않을 것만 같았다.

주님께선

길 잃고 헤매는 백성 책망하시면서도 왜 또 그 영혼 가야만 할 길

끊임없이 열어놓으시는 것일까?

사랑하는 자녀들이 빛이 없는 영적 어둠 속에서만 살아갈까 보아 육신을 입고 오시어 십자가에 못 박히시며 스스로 제물 되시고 그 뜻 가슴속 깊이 깨우쳐 돌아와 주기를 탕자의 아버지 되어 찾아 나서고 또 기다리시는 저 깊은 아버지의 사랑

"할렐루야!~"

빛은 어둠을 물리치기 위해 오시나니

주님 오신 그날이 밝아오고 있습니다.

글을 마치며,

—하나님의 축복이, 주님을 구원자로 맞이하신 모든 자녀들에게 임재하심을,

또 다시 오시겠다 약속하신 우리들의 주 예수 그리스도 이름으로 감사하며 기도드리옵나이다. 아멘—

사랑하는 사람아

새벽 걸음이 아직, 창가에 이르지 않은 시각.

이 노인은 누군가가 자기를 부르는 소리에 퍼뜩, 잠이 깨었다.

—솨—아—아—

그러나 방안은 어둠에 잠긴 채 창문의 틈새로 바람 소리만이 비집고 들어오고 있을 뿐 아무런 기척이 없었다.

(혹시 밖에 누가 와 있나?)

이 노인은 다시 방문 쪽에 온 신경을 집중해 보았으나, 그곳도 적막하긴 마찬가지였다.

(내가 꿈을 꾸었나 보군…)

조금 전, 안개빛 저— 너머에서 분명 누군가가 목이 쉬어라 자기를 불러대어 잠을 깨게 되었는데, 그게 (여보!…) 하고 자기를 부르는 아내였었는지, 아니면, 지금은 타주에서들 살고 있는 아들아이나 딸아이가 (아버지—!) 하고 불러댔던 소리였었는지 도무지 그게 불투명하기만 하여 이 노인은 다시 지그시 눈을 감고서 그 소리의 끄트머리를 잡으려 안간힘을 다하였다.

하지만, 그 소리를 찾아가려 하면 할수록 악착같이 목덜미를 붙들고서 놓아주지 않는 맑아져 가는 정신 때문에 이 노인은 끝내 그게 누구였었는지 확인할 수가 없었다.

"누구였었는지 토―옹 알 수가 없구만…"

이 노인은 꿈을 꾼 듯하여 이젠 별수 없이 꿈 이어가기를 단념하고 부스스― 상체를 일으켜 머리맡 벽에 기대앉으며 마침내 새벽 걸음 다가온 듯한 희뿌연 동쪽 창문을 응시하며 혼잣말을 중얼거렸다.

(바람이 많이 부나 보구만. 어제 뉴스에선 오늘 청명한 날씨일 거라고 했는데… 여기도 일기예보가 안 맞을 때가 더러 있어. 그나저나 오늘 어떡한담, 날씨가 이리 안 좋으니…)

이 노인은 이부자리를 걷어내다

"흐―유―"

쏟아지는 한숨을 억제치 못하며 양미간이 깊게 패이도록 주름을 지었다.

그러고 보니 오늘은 아무래도 동네 언저리를 한 바퀴 도는 산보는 무리일 테고, 어제저녁 먹다 남은 콩나물국이나 다시 데워 먹고 일찍 일어난 김에 그동안 며칠 내팽개쳐둔 집안 청소나 대충하고서 사무실에 나가보아야 할까 싶었다.

"이 사람이 병세가 더 안 좋아졌나? 아니면 애들 중에 누가…"

그러다가 이 노인은 안개 같은 꿈의 의미에 자꾸만 신경이 쓰이는 것을 어쩌지 못하고 또다시 혼잣말을 하였다.

아내야 어제도 면회 가서 보았지만, 금세 어디가 탈이 났을 리는 없을 것 같고, 타주에서들 가정을 이루고 사는 생업에 바쁜 아이들 식구 누군가에게 무슨 불길한 일이라도 생긴 것은 아닌지 이 노인은 시커먼 구름처럼 밀려오는 불안한 마음을 가눌 수가 없었다.

그러다 문득,

(노인들 꿈은 현실이라는데, 가만, 저 바람 소리를 자꾸 꿈속에서 누군가가 날 불렀다고 착각한 게 아닐까? …그런가 보구만, 괜히 마음만 썼잖아… 흐―유―)

생각이 거기에 미치자 지금까지 짓눌려 있던 가슴을 이 노인은 애써 쓸어내리며 안도의 한숨을 내쉬었다.

"이 총무! 오늘 같은 날씨에도 마나님 면회 가시나? 건강은 좀 어떠셔?"

그날 오후 다섯 시경, 이 노인이 이제 얼마 남지 않았을 자신의 생에 있어 마지막 사회봉사라는 사명감으로 관계하고 있는 ㅇㅇ노인회에서 동포 늙은이들의 이런저런 복지를 위해 같이 수고하고 있는 동년배의 노 회장이, 소파에 앉아 한가로이 동포 신문을 뒤적이고 있다가 외투를 걸치고 있는 이 노인에게 퇴근 인사 겸 이 노인 아내의 근황을 물어왔다.

"…그래야지. 건강은 그저 그만그만해."

이 노인이 외투 단추를 채우며 대답하다가

"바람 속을 내가 걷나, 차가 가지. 왜? 내가 투 잡 뛰는 게 샘이 나서 묻는 거야?"

농조로 말했다.

"샘? ㅎㅎㅎ 그래, 정말 샘이 나서 그래! 나는 환자라 해도 자네처럼 얼굴이라도 자주 볼 수 있는 마누라가 살아 있었으면 좋겠어. 그러니 어찌 자네가 샘나지 않겠나. 안 그래? 말이 나와서 말이지만, 마누라보다 먼저 세상 떠난 친구들이 요즘엔 그렇게 부러울 수가 없더라고. …좀 이기적인 생각일런진 몰라도 마지막 길까지 부인의 수발을 극진히 받고 떠나는 친구들, 그거 복 많은 사람들이야. 지아비들은 지어미 앞서 떠나는 거 아암, 복 많은 거고 말고. 나 죽을 땐, 그땐 누가 내 뒷치닥거리를 해주려는지… 허허 그것 참."

노 회장의 얼굴에 금세 쓸쓸함이 묻어나며 수심에 젖은 말들이 쏟아져 나왔다.

"무슨 소리야? 아, 노 회장은 출가 다 시킨 삼 형제에 두 딸내미 자제분이 있잖아…."

서둘러 나가려다 말고 엉거주춤 서서 노 회장의 탄식을 듣고 있던 이 노인이 오늘따라 저 사람이 왜 저러나 싶어 얼른 그를 위로하는 말을 하였다.

"자식이 많음 뭐해, 걔들 엄마만 하겠어? …그나저나 마나님 병세는 어때? 좀 차도는 있으신가?"

노 회장이 화제를 바꾸어 다시 이 노인 아내의 안부를 물었다.

"여전해. …나를 누군지 못 알아보는 게 벌써 1년은 됐을 거야 아마…"

"쯔—쯧, 큰일이야. 어서 쾌차하셔야 할 텐데… 참 부지런하시고 인자하신 분이셨는데."

"남편 잘못 만나 남의 땅까지 와서 사느라 안 해본 것 없이 죽도록 고생만 시키고, 내 죄가 크지 뭐. 오늘도 눈 오시기 전 데이트 한번 하려고 했는데… 되는 게 없구만, 흐―유."

양손을 외투 주머니에 깊숙이 찔러 넣고서 고개를 들어 천장에 시선을 주고 있는 이 노인의 입에서 애틋한 한숨이 새어 나왔다.

"이 사람 한숨은… 이 총무는 그래도 나보다 낫다니까 그러네. 참, 자제분들은 자주 연락도 오고 얼굴 좀 보나?"

"타주에서들 뿔뿔이 흩어져 사는데 자주 볼 수가 있겠나. 안부 전화나 오고 가는 거지 뭐. 아, 미국 생활 뻔하잖은가? 바쁜 틈 내어 일 년에 한두 번 봤음 됐지 뭐."

이 노인은 말은 그렇게 하면서도 1년에 한 번 코빼기는커녕 생일이나 아버지날, 아니면 연말 때쯤이나 되어서야 눈 씻고 찾아보아도 인정머리라고는 하나 없는 인사말이 인쇄되어 있는 미국 카드에 그것만 연습해 두어서 잊어버리지는 않았는지 '불효자 근 드림.' 요렇게 달랑 한글로 여섯 글자만 써서 보내는 아들 녀석이 새삼 괘씸하기 그지없기만 하였다.

그러고 보니 며칠 안 있으면 크리스마스이고 보니 아마, 오늘쯤 우편함에는 예의 그 변함없는 카드가 배달되어 왔을지도 모를 일이었다.

그래도 한국말 잘하는 딸아이는

"아빠! 엄마는 좀 어때요? …혼자서 생활은 어떻게 하시고요? 가까운 거리라면 자주 찾아뵙던가 모시고 살 수도 있을 텐데… 아빠! 엄마 안 계신다고 진지를 거르고 하지 마시고 꼭꼭, 때마다 챙겨 드시고 그러세요. 알겠죠 아빠?"

전화라도 자주 주곤 하였다.

"그래? 그래도 이 총무는 나에 비하면 좌우지간 복도 많으이—. 아, 우리 애들은 타주에 가 사는 것도 아니고 자동차 시동 한번 걸면 금세 도착할 곳에 사는데도 1년에 이마빡 한번 보는 게 이 다섯 손가락으로 꼽아봐도 손가락이 남을 지경이라니까! 뭐가 그리 바쁘다고들, 지들 애빈 혼자 노인 아파트에서 살고 있는데도 말야…"

노 회장은 자신도 모르게 몇 겹으로 접고 접은 조금 전까지 보던 신문지로 자신의 무릎을 한번 탁, 치더니 어금니를 사려 물고 있었다.

"참, 노 회장은 왜, 큰아이 집에서 같이 살지 않고 따로 나와 살고 있어?"

"왜 혼자 살고 있냐구? 나 편하자고 나왔지. 그래야 며늘아이도 편하고 두루두루 원만히 살아갈 것 아니야? 할망구와 사는 것과 할애비와 함께 사는 것 그게 다른 거야. 안 그런가?"

"그래 맞아. 저들 앞가림이나 잘하고 동기간에 다투지 말고 저들끼리 오순도순 살아만 준다면 그게 더 없는 효도지 뭐, 안 그래? 할망구야 함께 살아도 여러모로 가정에 도움이 되지만 홀로된 할아비 모시고 사는 것 사실, 짐만 되는 것이고…"

이 노인은 맞은편 흰 벽에서 상기도 시선을 떼지 않고 있는 노 회장을 바라보며 어쩌면 이 말은 자신에게 하는 말일 거라고 생각하였다.

78

"어머, 오셨어요! 오늘 같은 날은 하루쯤 거르시지 않구요…"

이 노인이 병실에 들어서자 마침 아내를 보살피고 있던 같은 동포인 김 간호사가 반색을 하며 이 노인을 맞이하였다.

"네, 수고가 많으시네요. 근데, 할망구가 또 무슨 일 저질렀어요? 이 시각에 옷을 다시 갈아입히시게요?"

"아녜요, 조금 전 음료수를 마시다가 그걸 좀 엎질러서 지금 목욕 끝내고 이르지만 잠옷으로 갈아입히는 중이에요."

김 간호사가 아내에게 힘겹게 옷을 입히면서도 미소를 띄고 노인을 안심시키는 말을 하였다.

"난 또, 저번처럼… 정말 죄송합니다. 이 은혜를 어떻게 갚죠?"

"아이고, 무슨 말씀이세요. 제 직업인데요. 행여 그런 걱정 마시고 할아버지 건강이나 주의하세요. 혼자 사신다고 식사는 거르시지 않지요?"

김 간호사의 심성 고운 얼굴이 잠깐 이 노인을 향하다 다시 하던 일을 마무리 지으며 말했다.

"그럼요. 밥 세끼 꼬박꼬박 찾아 먹고 아침 운동도 열심히 하죠. 오늘은 못했지만…"

"그러셔야죠. 만들기 편하다고 매끼 라면만 잡수시고 그러면 안 돼요. 한국 식품점에 가시면 밑반찬도 영양가 있고 맛있게 만들어 팔고 있으니까 그걸 골고루 사다 잡수시고 그러세요. 어르신 건강은 어르신이 잘 관리하셔야 돼요. 할머닌, 제가 틈나는 대로 잘 보살펴 드리고 있으니 오늘 같은 날씨에는 거리에 나서지 마시고 집에서 푸—욱 쉬시구요.”

김 간호사는 마치 자기 친부모에게 효도라도 하듯 진심으로 이 노인에게 당부하고 있었다.

“김 간호사님은 정말 살아 있는 천사이십니다. 아무리 직업이라해도 이렇게 자상하게 마음까지 써주시고, 정말 이 은혜 내 죽어서도 잊지 못할 거예요. 이 할망구 정말 늦복 터졌어요. 김 간호사님 같은분을 만났으니…”

나이는 물어보지 않아 모르겠지만 아마, 오십 전이겠지? 이 노인은 이렇게 성실하고 고운 마음씨를 가진 간호사를 만나게 된 것이 진정으로 감사하여 수도 없이 머리를 조아리고 또 조아렸다.

항간에 떠도는 말로는 어떤 양로원에서는 간호사들에게 아무도모르게 봉사비를 넌지시 손에 쥐어줘야 환자를 대하는 간호사의 손길이 한결 부드러워지더라는 소문이 돌던데, 그건 남의 말하기 좋아하는 인간들의 뜬소문이었겠지— 이렇게 친자식보다 더 나은 간호사님이 있는데도 말이었다.

그래서 이 노인은, 이건 진정 하나님께서 금슬 좋았던 자신들에게내려주신 축복이라 생각되어 김 간호사가 더없이 존경스러워짐에 스스로 황송하여 몸 둘 바를 몰라하였다.

“아휴, 또 그 말씀. 자, 이제 자리 비켜 드릴 테니 저녁 데이트 가지세요. 이따 퇴근하기 전에 다시 한번 들를게요.”

이윽고 김 간호사가 목례를 하며 병실을 나섰다.

“정말 감사합니다. 감사합니다.”

정말이지 이 노인은 환생한 천사이지 않고는 저럴 수 없는 김 간호사의 뒷등에 대고 조금 전처럼 또 수없이 머리를 조아려댔다.

"이 총무! 오늘 무슨 좋은 일 있었어? 얼굴색이 전에 없이 환한데 그래?!"

"아, 있었고 말고, 오늘 아니고 어제."

"그래? 무슨 일인데? 가만, 조금 있다가 듣자구 나, 이 통화 마저 끝내고 말야. …네, 그렇군요…"

이튿날, 이 노인이 사무실에 들어서자 벌써 출근해 회장 전용 책상 앞에 앉아 마침 누군가와 통화 중이던 노 회장이 송화기를 잠시 손바닥으로 감싸 쥐고서는 들어서는 이 노인을 반색하다 다시 통화에 열중하기 시작하였다.

그러자, 이런저런 서류 작성을 도와주는 봉사요원인 미쓰 양이

"이 총무님! 무슨 일이에요? 저한테 먼저 말씀 좀 해주세요. 어서요!"

자기도 궁금해서 못 견디겠다는 듯 재촉을 해댔다.

"어, 그래. 그게 뭐냐면 말야…"

이 노인이 말 나온 김에 미쓰 양 쪽으로 고개를 돌려 말을 하려는 찰나,

"이봐, 이 총무! 잠깐 있다 얘기하래두."

노 회장이 통화를 하다 말고 황급히 손을 내저었다.

이 노인에게 무슨 좋은 일이 있었는지 도무지 그게 궁금해서 견딜

수가 없는 모양이었다.

아니, 저 사람이 나 같고 내가 저 사람 같은데 희소식을 다른 사람보다 늦게 들어서는 안 된다는 생각에 마음이 다급해지나 보았다.

그러자

"회장님! 회장님은 하시던 통화 계속하시고 이쪽 일엔 신경 꺼주세요. 총무님! 저한테만 얼른요!"

노인네들과 함께 일을 하다 보니 별로 신나는 일이 없었던 미쓰 양이고 보니 금세 장난기가 발동하였나 보았다.

"그러지, 미쓰 양에게 내가 먼저 말해주지. 그게 뭐냐면 말야…"

이 노인도 잠시 능청을 떨며 노 회장을 바라보았다.

그러고 보니 이 노인에게 이만한 여유가 있어 보임이 어제, 그만이 아는 무슨 좋은 일이 있긴 있었던 모양이었다.

"잠깐, 잠깐."

그러자 노 회장이 황급히 소리를 치며 벌떡 자리에서 일어나더니 미쓰 양에게 곱지 않은 시선을 흘리고선

"…그러면, 뻐스 타기도 어렵고, 자제분들도 다 직장에 나가셨겠다… 그럼, 이렇게 하죠. 주소를 주세요. 저희가 모시러 갈게요. 아이구! 무슨 말씀을. 이제 곧 올 예수님 탄생 기념하는 날 이만큼 눈이 내려서 좋기만 한걸요. 네, 네. 여기에서 별로 멀지가 않군요. 그럼, 한 삼십 분쯤 후에 찾아뵐 테니 준비하고 계세요. 네, 네."

드디어 노 회장이 전화기를 내려놓았다.

"누군데. 무슨 일이야?"

이번엔 이 노인이 궁금해했다.

"미국 오신 지 십수 년 되신 분인데, 시민권 신청하고 싶다 하셔서. 시민권자 아니면 연금이 끊긴다 하니 팔순 넘은 할머니도 시민권 신청하려 하시고… 근데 차편이 없으시다니 우리가 모시러 가야 되겠어. 그건 그렇고 무슨 사건이야? 아니 가만, 우리 여기서 이럴 게 아니라 지금 나하고 같이 저 할머니 모시러 가면서 차 속에서 얘길 듣기로 하는 게 어때, 응! 아까 미쓰 양이 날 막 약 올렸으니 미쓰 양 없는데서 말이야! ㅎ ㅎ ㅎ"

노 회장이 미쓰 양을 바라보며 만면에 웃음을 띠며 말했다.

그러자

"그러시면 이따 할머니 시민권 서류 작성 절대 안 도와드려요—."

미쓰 양의 토라진 목소리가 튀어나왔다.

어젯밤.

이 노인은 김 간호사가 병실을 나가자 초점 잃은 눈으로 멀뚱히 천장만 쳐다보고 있는 아내 곁으로 다가가 아내의 손을 꼬옥 보듬어 잡았다.

"여보, 나 왔어."

이 노인은 총기 잃은 아내의 눈에 자신의 눈을 맞추며 조용히 아내를 불렀다.

예전엔 참 고운 얼굴이었는데 어쩌다 이리 되었는지 이젠 손등에 검버섯하며 얼굴에 기미 등 주름투성이 병색 완연한 아내의 모습이 새삼 이 노인의 가슴을 생선에 칼집 내듯 애잔히 저미고 있었다.

육십 년 세월이 이리도 빨리 지나갔던가?

신혼 초에는 세 살 아래의 아내가 그저 막내 여동생 같다 생각되던 것이 중년이 되어서는 세 살 더 먹은 누나 같았고 치매에 걸리기 전까지는 엄마 같기만 했던 아내가 이젠 다시 아이가 되어 이렇게 천덕꾸러기로 살아가게 되었으니, 이 노인은 생각하면 할수록 자신의 앙상한 가슴이 그저 애처로움으로 무너져 내리기만 할 뿐이었다.

아내는 젊었을 때 아이를 더 낳으려 해도 남매밖에 두질 못했지만, 그렇다고 살아오며 잔병치레를 자주 하는 그런 병약한 체질은 아니었는데 요즘 시대엔 노년층에 끼지도 못할 팔십을 넘기자마자 덜컥, 몹쓸병에 걸린 아내이고 보니 바다에 맷돌 가라앉듯 왜 아니 이 노인의 심사가 무겁게 내려앉지 않을 수가 있겠는가?

생각하면 할수록 고생만 하며 살다 이젠 또 넋을 놓고 있는 아내가 가엾어 이 노인의 심연 깊숙한 곳엔 매일 진눈깨비가 내리고 있는 것이었다.

언제였었던가? 이민 떠나오기 전 큰아이가 중학교 다닐 때였지 아마? 보름 정도인가 아내가 병치레를 한 적이 있었는데 며칠 병원에 입원해 있다가 퇴원해서도 온종일 집안에 누워만 있으니 온 집안이 아팠던 것같이 그때의 황량했던 생활에

(아프지 마 여보. 당신이 아프니까 우리 온 집안이 다 아팠어. 하나님! 우리 애들 엄마, 도와주세요. 다시는 이렇게 아프지 않게 은혜 내려주세요. 하나님! 제가 아내에게 더 잘할게요—)

그때의 절박했던 슬픔이 잊혀지지 않아 함께 살아오는 동안 신앙 생활 착실히 하며 아내 또한 모든 것에 주의를 기울여 이후로는 자리 보전 해본 적이 없었고 속 썩이는 애들 없이 다 잘 자라주고 결혼들도 해서 늦었지만 이젠 자신의 여가를 찾아 즐길 나이가 되었는데 이게 무슨 호사다마란 말인가? 그럴 수만 있다면 이 노인은 차라리 당신 자신이 아내 대신 자리 바꿔 눕고만 싶은 심정이었다.

그래도 아내는 발병 직후엔 가끔씩 제정신으로 돌아와 잔뜩 겁에 질려서는

"여보, 나 어떡하면 좋아요?…"

자리에 누워 베갯잇을 적시다 앙상한 이 노인의 가슴팍에 얼굴을 묻곤 했었는데, 그게 점점 심해지더니 종래에는 모든 기억을 송두리째 잃어버린 천진한 아기가 되고 만 것이었다.

"여보, 나 왔다니까…"

이 노인은 아내의 야윈 손을 역시나 검버섯이 듬성듬성 박힌 자신의 두 손으로 감싸 쥐고서 자신의 볼에 맞비벼대다 다시금 나직이 아내를 불러 보았다.

그러다가 노인은 평소 아내가 좋아했던 복음송을 조그맣게 속삭여 부르기 시작하였다.

"사랑은 언제나 오래 참고…"

노래를 흥얼거리기 시작한 이 노인의 목소리엔 어느새 물기가 가득 채워져 두 눈에 서서히 눈물의 샘이 고여만 가고 있었다.

"사랑은 언제나 온유하며…"

그때였다.

"ㅇㅂㅇ."

새벽녘 꿈속에서처럼 누군가가 자신을 부르는 소리를 듣자 이 노인은 휘둥그레 방안을 한번 비一잉 둘러보았다.

그러나 방안 옆 침상의 환자는 자리를 비운 지 한참 오래되었고 지금은 아내와 단둘뿐 그 누구도 있지를 않았다.

그때 다시,

"여보…오…"

벌새의 날갯짓 같은 소리가 들려왔다.

이 노인은 흠칫, 놀라 환청을 들은 듯 자신의 귀를 의심하였다.

그러다 이 노인은 급하게 방망이질해대는 심장의 박동을 의식하며 아내를 바라보았다.

그때 다시

"여보…오…"

정말이었다.

착각이 아니었다.

환청이 아니었다.

"여보…오…"

그 소린 정말 아내가 자신을 부르는 소리였다.

"여…보오…"

아내가 이 노인을 애처로이 바라보고 있었다.

(어?! 이제 제정신이 돌아왔나 봐.)

"여보, 덕순아,— 덕순아!—"

이 노인은 왈칵, 아내의 뺨에 자신의 뺨을 비벼대며 비명에 가까운 소리를 질러댔다.

기적이었다.

치매는 낫는 병이 아니라지만 이젠 이대로 제정신으로 돌아와 다시는 망각의 어둠 세계로 돌아가지 않기를 바라는 염원이 아내 이름을 부르는 이 노인의 목소리에 간절히 배어나고 있었다.

그래서인지 이 노인은 언제 불러보았는지 모를 기억에도 까마득한 아내의 이름을 하염없이 불러대고 있는 것이었다.

"여보! 그동안 어디 갔다 왔어… 어디 갔다 온 거야… 고마워… 고마워…"

앙상한 아내의 볼에 수없이 입을 맞추어대는 이 노인의 얼굴이 온통 눈물로 범벅이 되어가고 이 노인의 굽은 등은 쉬임 없이 들먹여지고 있었다.

거리엔,

어느새 바람이 잦아들어 있었고, 내일, 모레, 글피, 크리스마스이브를 사흘 앞둔 하늘에선 솜사탕 같은 함박눈들이 소담히 내리고 있었다.

꽃길

20여 년 전 겨울 어느 날.

조금만 건드려도 금세 쨍―하고 깨어져, 밤새 지나다 얼어붙은 바람의 파편이 거리에 널브러질 것 같은 영하의 기온이 온 도시에 내려앉았던 게 바로 어젯밤 잠들 때까지였었는데, 한밤 사이 누구의 손길이 어루만져 주셨는지 티 한 점 없는 하늘에서 내려온 햇볕이 아침 거리의 움츠림을 달래주고 있었다.

"아니, 어제까지만 해도 그렇게 정정하셨는데, 세상에 무슨 이런 날벼락이…"

정태완은 조급한 마음에 스톱 사인에도 서는 둥 마는 둥 차를 운전하면서 어젯일을 떠올리며 옆자리의 아내에게 혼잣말로 중얼거렸다.

마주 보며 오는 은발의 백인 운전자가 무례한 태완의 질주에 고개를 좌우로 흔들며 지나쳤지만 태완은 평소의 그답지 않게 그저 허둥대고만 있었다.

"어제 오전 내내 내가 모시고 '거니 밀 쇼핑몰'까지 가서 이것저것 사시며 애들처럼 그렇게 좋아하셨는데…"

생각하면 사람의 운명이란 정말 한 치 앞도 내다볼 수 없는 것이 태완은 장모님의 급환이 도무지 믿어지지가 않는 것이었다.

장모님이 인사불성으로 당신께서 거주하시는 노인 아파트에서 목욕하다 쓰러지셔서 지금 병원에 입원해 계신다는 급보를 받은 것은 태완이 어젯밤 늦게 잠자리에 든 탓에 정신이 몽롱하기만 했던 조금 전 일이었다.

"제부! 지금 엄마가 위독하세요…"

대성통곡한 뒤끝의 목소리라서 그런가? 목이 잠겨 있는 둘째 처형이 수화기 너머에서 들려왔다.

"네? 뭐라고요? 뭐라고 하셨어요?…"

잘못 들었나? 잠결에 태완이 되묻자

"제가 오늘 아침엔 들르지 못할 것 같아서 전화로 안부를 여쭀는데 전화를 받지 않으시기에 이상한 생각에 만사 제치고 달려가 봤더니 글쎄, 욕실에 쓰러져 계시는 거예요…"

"그래서요? 언제부터 거기 쓰러져 계셨대요? 의식은 있으세요? 911 전화하셨어요?"

태완이 놀라 이것저것 두서없이 묻고 있었다.

(아니, 어젯밤 처형 댁에서 가족들 모여 그렇게 즐겁게 얘기하고 노셨는데…)

"몸에 물기가 남아 있는 것으로 봐서 오래되진 않은 것 같아요."

"처형은 지금 어디 계세요?"

"스웨디시 병원 응급실에요."

"아이고, 수고하셨네요. 식구들한텐 다 연락하셨어요?"

"지금 하는 중이에요."

"어머니 지금 용태는 어떠세요?"

"…위독하세요…"

"…큰 처남께 연락하셨어요?"

"네, 바로 전화했어요."

"거기, 처형 말고 또 다른 가족 있으세요?"

"아직 저희 부부뿐이에요."

"알았어요. 저희 금방 갈게요."

"엄마!… 엄마!…"

"………"

처형의 처연한 울음소리가 무선을 타고 귓속을 파고들어와 태완의 마음속에 한평생 고여 있던 눈물의 샘을 건드리고 있었다.

태완의 장모님은 구월이면 미수를 바라보는 연세이셨다.

50여 년 전 30대 후반의 나이에 남편과 사별하고 아들 하나에 딸 셋을 당신 혼자 억척스레 키워내고 현재에 이르렀어도 잔병치레 안 하시던 영육이 올곧은 노부인이었다.

태완은, 셋째 딸과 연분이 맺어져 딸아이 하나를 낳고 서울에서 살다가 간호사로 먼저 와 살고 있던 첫째 처형의 초청으로 아내의 친정 전 가족이 시카고로 이민 와서 산 것이 그때 10여 년째 되는 해인데, 태완은 한국 'K' 그룹의 현지 채용 지점장이었다.

　태완은, 결혼하기 전 천애고아와 다름없는 처지로 어린 시절을 보내야만 했었다.

　아니, 사실 고아였다.

　3·8선 바로 위쪽에서 살다 1·4 후퇴 때 도보로 부모님의 손에 이끌려 피난을 내려오다 파주 근처에서 부모와 형을 잃고 혈혈단신 세파에 부대끼며 성장한 과거를 지니고 있었다.

　태완은 그때, 부모와 형을 폭격에 잃었는지 아니면, 낮게 날며 쏘아대는 기총소사에 아비규환을 이룬 피난민 행렬에서 우왕좌왕하는 틈에 이산가족이 되고 말았는지 그것조차 불분명한 일곱 살 때였다.

　오직 기억에 남는 게 있다면, 몸통에 둥근 동그라미 속 빨간 별이 그려져 있는 비행기가 낮게 떠서 귀청 떨어지도록 쏘아대는 기관총 소리와 쳐다만 봐도 눈이 멀어버릴 것만 같은 번쩍이는 섬광과 뒤미처 들려오는 폭음 소리, 그리고 서로 이름을 부르며 절규하는 보따리를 끌어안고 울부짖는 남루한 이웃들의 외침 소리뿐이었다.

　어린 나이이기는 했지만, 그 나이면 이것저것 단편적으로나마 기억나는 게 있을 만도 한데 부모와 세 살 위 형의 이름만 생각날 뿐 어쩌다 홀로 되고 핏줄들은 어떻게 되었는지 그때의 상황이 도무지 생각나질 않는 것이었다.

아마도 한여름 어느 날 마루에 앉아 밖을 내다보고 있노라니 갑작스레 쏟아진 소나기가 질서도 정연하게 마당 앞 밭 건너 산등성이에서부터 있으나 마나 한 키 낮은 고향 시골집 싸릿문을 두드린 듯 만 듯 담을 넘어 들어와 토방 앞까지 흙을 파헤치며 달려오다 훌쩍, 초가지붕을 건너뛰어 뒷산으로 내달리듯, 인민군이 쏘아대는 총탄 세례의 위력에 놀란 어린 그때의 기억이 망각의 저편 뒷산 마루로 그때의 그 소나기처럼 훌쩍 사라지고 말았는지도 모를 일이었다.

80년대에 이산가족 찾기 열풍이 TV 전파망을 타며 전국을 눈물의 소용돌이로 몰아쳐 갈 때 태완도 행여나 하는 마음에 그 대열에 끼어 애타게 혈육을 찾았지만, 기대는 허망하게 부서지고 태완 자신을 기진맥진하게 만들었을 뿐 해후의 기쁨은 그에게 찾아와 주지 않던 것이었다.

그래도 태완은 또래의 아이들에 비해 운이 좋아 어찌어찌 고아원에 수용되어 중학교는 마치게 되었고 잠시 떠돌다 자신의 앞날이 결정되어진 취직을 하게 된 곳이 바로 지금 병원에 입원해 계시는 장모님이 운영하시던 OOO 시장 건어물상이었다.

그때, 배는 항상 고팠고 규율도 엄격한 데다 희망이라는 것이 전혀 보이지 않는 고아원을 뛰쳐나온 태완은 갈 곳 없는 비슷한 처지의 아이들과 무리 지어 다니다, 나이가 또래보다 많은 '형님'들에게 붙잡혀 당시 넝마주이도 하며 남의 물건을 두어 번 슬쩍도 해 보았고 구두닦이며 안 해 본 것이 없었다.

목욕은 1년 내내 한 번도 하질 못해 때국이 절은 몸과 옷에서 나는 냄새하며, 해방촌이라는 남산 산자락 후미진 곳에 천막을 치고 어차피 한겨울에도 발 뻗고 이불 덮고 잘 처지가 못되어 쓰레기통에서 주운 색 바랜 누더기 담요를 덮고 가마니를 깔고 여럿이 함께 자는 생활의 연속이던 어느 날. 태완은 이젠 이 생활에서 벗어나야겠다는 생각이 문득 든 것이었다. 덜컥, 혼자만이 이 세상에 떨어져 있는데 이렇게 산다는 것은 어린 마음에도 어쩐지 억울하다는 생각이 들었고 어렸을 적 고향에서 요즘은 초등학교라 하지만 당시엔 국민학교에서 교편을 잡고 계시던 어머니의 말씀이 불현듯 생각해진 것이었다.

어느 날 밤, 천막 밖에 홀로 나와 앉아 밤하늘에 촘촘히 떠 있는 별들을 바라보다 그때, 분명 잊었던 엄마 얼굴이 그 하늘에 떠 있는 것을 태완은 본 것이었다.

그리고 어린 태완을 당신의 무릎에 앉혀놓고 어르시며 조용, 조용히 말씀하시었던 것이 생각난 것인지 아니면, 그 밤에 말씀하고 계신 건지 분명치는 않으나

—태완아! 너는 어디에 있든 꼭, 하나님을 믿어야 한다. 사람은 누구나가, 네가 이해할진 모르겠지만, 그분께로부터 선택받고 태어났기에 그 태어난 본디가 귀중해서 항상 맘과 몸을 정결히 해서 살아야 한단다. 사람은 짐승과 달라서 귀하게 살아야 해. 알았지? 사람은 하나님의 자녀이기에 너, 나 없이 모두 귀하고 귀하기에 귀하게 대하며 살아야 한다는 것을 잊지 말아라— 하고 말씀하신 것이었다.

태완은 벌떡 일어났다.

그 시각, 가슴이 미어지도록 엄마가 그립고 보고 싶어진 것이었다.

아버지가 보고 싶어졌다.

그리고 형이 보고 싶어졌다.

"엄마…! 아빠…! 형…!"

그리움이 뼛속까지 사무친 태완의 울음이 산자락을 감돌다 하늘로 오르고, 그 밤에 태완은 무리의 대장으로부터 고향 생각나게 한다고 얼마나 두들겨 맞았던가…

다음 날 태완은 패거리와 헤어지기로 결심을 하였다.

말없이 도망갔다가 붙잡히면 죽도록 얻어맞고 또 함께할 게 뻔하니 아예 나가겠다 통고하고 떠나는 것이 앞으로도 덜 불안하고, 지금 당장 이리저리 머리 굴릴 시간 주지 말고 몇 대 때리면 맞고 이참에 확실히 헤어지는 것이 낫겠다는 생각이 든 것이었다.

"나 이제 여길 나갈랍니다."

태완이 얼굴 어디 하나 성한 데 없이 찢어지고 부은 몰골로 대장에게 옹골차게 말하자, 자기의 속옷 이음새 여기저기를 살피고 있던 대장이 태완을 힐끗 바라보다 어젯밤 죽어라 두들겨 팬 태완의 얼굴이 퉁퉁 부어올라 있는 것이 마음에 걸리는지 망설임도 없이

"꺼져, 이 XX야!"

들고 있던 속옷을 태완의 얼굴을 향해 던지며 고함을 질렀다.

태완은 그 길로 천막을 떠났다.

이제 어디로 가야만 되는 걸까?

어제까지만 해도 서울 구석구석 안 다녀본 곳이 없었으나 막상 혼자가 되어 시내에 들어서자 모든 것이 낯설어 보이기만 하는 태완이었다.

모든 것이 막막하고 탈출구가 보이지 않았지만, 태완은 적지만 그동안 꼬깃하게 숨겨 두었던 돈으로 중고품 가게에서 바지와 셔츠를 사 입고 몇 년 만의 목욕도 하고서 얼굴에 바를 약도 사고 아무래도 자신의 처지에선 시장통에서 아무 물건이나 배달해 주고 이런저런 심부름하는 일이 제격일 것 같아 며칠을 이 시장 저 시장을 기웃거린 끝에 지금의 장모님 가게에 운명적으로 들어선 것이었다.

"에이구 얼굴도 많이 상하고 가엾구나. 그래, 여기서 일하고 싶다고?"

"네."

"허구한 많은 가게 중에 하필이면 왜 내 가게에서 일하고 싶니?"

"아주머님이 맘에 들고…"

"뭐? 내가 맘에 들어? 호호호."

"꼭, 제 엄마같이 생각되어서요. 저 열심히 일할게요. 아무거나 시켜만 주세요. 그냥, 먹고 자게만 해 주세요…"

"…생각 좀 해 보자…"

세상이 하도 수상한 시절에 믿을 만한 보증인이 있는 것도 아니고 출신 성분도 모르는 고아원 출신 아이를 선뜻 채용하여 가게를 맡길 엄두가 날 일은 아니었지만, 태완은 주인 아주머니의 용단으로 그날부터 그 가게에서 침식이 해결되는 안식처를 구하게 된 것이었다.

그날부터 태완은, 그 은혜를 어떻게 보답해야 할지, 정말 감사한 마음에 성실히 일하였다.

이 집에서 쫓겨난다는 것은 그야말로 이 세상 천지에 갈 데가 없게 되고 이 땅에 계시던, 하늘나라에 계시던, 엄마, 아빠, 형에게 배신하는 행동이 된다는 신념으로 일에만 열중을 다하였다.

건어물상은 일반 고객들도 많았지만, 인근에 있는 식당 등 거래처도 있어 전에는 배달 같은 게 없었으나 태완이 온 뒤로 배달도 하게 되어 거래처는 더 늘어났고 시간이 지나며 서서히 수금도 태완이 맡아 보게 되어 성실과 신임이 서로 보완된 둘의 관계로 인해 가게는 날로 번창해 가고 있었다.

어려운 이웃을 매몰차게 내치지 않은 사랑에 신의로 보답하는 자의 믿음이 함께 영글어가고 있는 것이었다.

"자, 옛다. 오늘부터 틈틈이 공부하거라."

어느 날, 하루 일과가 끝나자 주인 아주머니가 보자기에 싼 꾸러미를 태완에게 내어주며 하시는 말씀이었다.

"이게 뭔데요?"

"고등학교 검정고시 책이다. 너 중학교는 나왔다니, 이제 고등학교를 다녀야 하지 않겠니? 그러나 형편상 정규 학교는 갈 수 없고 우선 이것으로 자습해서 대학 입학 자격 검정고시까지만 합격하거라. 그러면 내가 널 대학 보내줄 테니."

태완은 그날 얼마나 울었는지 모른다. 기쁜데 왜 눈물이 쏟아지는 것일까?

어둡게만 보이던 자신의 장래에 대한 불투명이 이제 투명한 현실로 다가오고 있는 감격이 마냥 눈물로 흘러내리고 있는 것이었다.

엄마를 보았던 그날 밤의 별들이 무더기로 쏟아지며 그동안 터—엉 비어 있던 태완의 가슴속에서 사그라질 줄 모르고 쉼 없이 반짝이고 있었다.

—태완아!—

아스름한 기억의 저 깊숙한 곳에서 엄마가 부르고 있었다.

그 후,

태완은 낮에는 여느 때와 다름없이 가게 일을 돌보며 00대학 야간부 경제과를 졸업하게 되었고 어느 집이고 셋째 딸은 선도 안 보고 데려간다는데 그만, 은혜로운 경사까지 겹쳐 주인 아주머니의 셋째이자 막내 사위로서 하늘이 보내준 그 가족의 일원이 된 것이었다.

장모님은 태완에게 있어 친엄마 그 이상의 존재였다.

은인이자 스승이었고 자신이 믿는 성부 성자 성령 다음, 친부모와 다름없는 존경과 믿음의 정점이었던 것이었다.

온 처가 식구가 시카고로 이주해 와 살게 되었을 때에도, 태완은 어떻게든 짬을 내어 장모님을 수시로 찾아뵈었고 마침, 어제도 어떻게 아셨는지 태완이 한가로운 시간에 잠시 나들이를 하고 싶다 하여 모시고서 꼬박 아침나절을 함께한 터였다.

태완에겐 손위 처남 한 분이 계셨으나 장모님은 그 누구의 청도 듣지 않으시고 한사코 노인 아파트를 고집하시어 혼자 살고 계셨다.

"수십 년을 나 혼자 별이 질 때 집을 나섰다가 별이 뜨면 집에 오던 사람이다. 나는 언제나 혼자이고 싶구나."

그게 홀로 사시는 이유의 전부였다.

"에이구, 노인네 고집은… 그 연세에 어떻게 혼자 사신다고…"

주변 사람들이 끌끌 혀를 차댔지만, 태완은 그런 장모님의 깊은 속내를 가슴속 뜨겁게 알고 있었다.

그것은, 당신 홀로 강인하게 살아오셨듯, 수족이 멀쩡한 이상 당신의 인생은 당신 스스로 책임지며 살아가겠다는 의지의 표출이었고 또한 각 자녀들의 가정생활에 노인네가 끼어 생활의 리듬을 깨버리면 안 된다는 자신을 희생하는 지고한 모정이기도 한 것을….

스웨디시 병원은 시카고 포스터 길과 캘리포니아 길이 만나는 동서 남쪽에 위치해 있었다.

태완이 허겁지겁 물어물어 병실에 찾아들자 아직 다른 식구는 보이지 않았고 둘째 처형 내외만이 장모님의 발꿈치 쪽 의자에 넋을 놓고 앉아 있었다.

장모님이 노인 아파트로 옮겨가신 이후 하루도 거르지 않고 어머님께 조석으로 안부를 여쭙는 둘째 처형이기만 하였다.

그녀의 얼굴에 놀람과 슬픔이 깊게 드리워져 있었다.

"엄마! 엄마!…"

함께 온 태완의 아내가 엄마를 부르며 울음을 삼키고 있었다.

태완도 강인했던 한 여인이 알맹이가 빠져나간 벼 껍질 모양 침상 위에 —저리 작으셨던가?— 불면 날아갈 듯 누워 계시는 모습을 보고

"어머님!"

끝내 복받쳐 오르는 눈물을 참지 못했다.

잠시 후, 장남 부부와 큰 처형 내외가 동시에 병실에 들어섰다.

그때,

"…주…아…"

장모님께서 무어라 말씀하시는 듯한 소리가 들렸고

"가만, 지금 엄마가 뭐라고 한 것 같았어…"

아내가 흠칫, 놀라며 말했다.

얼마 전 담당의가

"준비하고 계셔야 될 듯싶네요…"

말을 남기고 돌아갔다 해서 각자가 깊은 상념에 잠겨 무거운 정적만이 감도는 병실 안이었는데 어머니 머리맡에 서 있던 태완의 아내가 침묵을 깬 것이다.

"?"

식구들의 시선이 일제히 어머니에게로 쏠렸다.

"…소…서…"

"봐, 지금 뭐라 하시잖아!"

모두의 귀가 이젠 그의 입술로 모아졌다.

무슨, 유언이라도 하시려는 것인지 모를 일이었다.

"…지금, 엄마가 기도하고 계시는 중이야. ─주님 곁으로 이제 가려 하니 주님! 이 몸, 받아주소서─ 하고 의식이 돌아오시면 계속 기도를 올리고 계셔."

그때까지, 뒤늦게 달려온 식구들의 당황스러움을 조용히 지켜보며 이것저것 앞장서 정리해 나가던 둘째 처형이 낮은 소리로 얘기해 주었다.

그랬다. 장모님은 현재도 둘째 처형과 같은 교회를 다니시는, 한국에 계실 때부터 독실한 기독교 신자이셨다.

당신께선 홀몸으로 가정 경제를 일구어 가면서도 하나님 믿는 그 복음의 힘으로 네 자녀 모두

─천국에도 언어가 있다면 그건 노랫소리 같은 음률로 교감하는 것일 거다─ 하시며 악기 하나씩은 다루게 가르치셔 딸 셋 모두 다 교회에서 피아노 반주자로 성실한 크리스천이자 훌륭한 사회인으로 키우며 그 어둔 시절을 견뎌내어 오신 것이었다.

태완은, 둘째 처형의 말을 듣고서 온 신경을 곤두세워 장모님 입술 가까이로 제 귀를 모아 갔다.

"…주님, 받아…주소서… 아멘… 아멘……."

그건 분명, 가냘픈 음성의, 반복되어지고 있는 장모님의 기도 소리였다.

순간, 태완은 온몸이 경직되는 듯한 감동에 휩싸여 가는 자신을 느꼈다.

(맞아. 집에서의 거리 때문에 각자 다니는 교회는 다르지만, 나도 장모님과 함께 살게 됨으로 주님을 더 일찍 나의 구세주로 믿게 된 사람으로서 이제 당신께서는 당신의 생을 마감하실 때가 되었다는 것을 아시고 이 시각, 이보다 더 절실한 기도 이외에 무엇을 더 간구할 수 있었겠어? 주의 이름을 붙드시고 생의 끝 시간까지 기도하고 계시는 나의 장모님. 주님! 감당 못 할 온갖 영육의 세파를 이 검불 같은 연약함 속에서도 오늘까지 이겨내 오신 아버지의 딸이고 하늘나라 백성 됨을 준비하고 실천하시며 살아온 제 어머님입니다. 주님! 이제 주의 딸 본향으로 찾아가오니 인자하신 그 따스한 품으로 맞이해 주실 것을 저는 믿사옵나이다. 믿사옵나이다. 믿사옵나이다. 아멘, 아멘, 아멘…)

혼미해져 가는 정신 가운데서도 하염없이 올리는 장모님의 기도에 덧이어 태완의 기도가 뒤따르고 있었다.

사흘 후 아침나절,

장모님은 사랑하는 자녀들의 이승에서의 이별을 서러워하는 오열 속에 주가 심어놓으신 복음의 향기 짙게 배인 구원의 꽃길을 따라 본향을 향해 길을 떠나셨다.

장례 절차가 의논되었고 다음 날 저녁 영결식에 이어 그다음 날 아침 발인하기로 의견들을 모았다.

장모님께선 당신이 하늘나라로 돌아가신 후 장례는 간소하게 하라는 평소 말씀이 계셨지만, 그게 어디 뜻대로 되던가? 네 자녀 모두 다니는 교회가 다르고 부고를 안 할 수도 없고 해서 어쩔 수 없이 이곳 장례 풍습을 따르게 된 것이었다.

발인 날

"월요일 아침인데도 조문객이 이리 많으신 것을 보니 고인께서 생전에 덕을 많이 쌓으신 것 같네요."

문상 온 어느 조문객이 유족들의 손을 잡으며 위로의 말을 건넸다.

곧이어 영구차는 한 많은 세상 마지막 길을 향해 도중에 장모님이 다니던 교회를 한 바퀴 돌아 그곳에서 멀지 않은 장지에 도착했고 80여 평생 고달펐던 장모님의 육신은 마침내 흙으로 돌아갔다.

한국에 계실 때에도 선교 단체에 성금 보내는 일을 매년 거른 적이 없었고 솔로몬 왕 시대 죽은 아기를 바꿔치기 당한 엄마의 마음으로 시대를 살아오셨고 하늘에도 법이 있다면 아마도 그것은 사랑일 것이라고 하시며 불우한 이웃 절대 나 몰라라 한 적이 없으셨던 태완의 장모님.

"태완아! 장례식장에서 마지막 작별 인사를 나눌 때 네 장모님 뵈니 그렇게 평안한 모습일 수가 없더라… 이상하게 들릴지 모르겠지만, 야! 나는 기쁜 마음이 들더라고. 어떻게 저렇게 미소를 띠시고 평안한 표정으로 가실 수가 있겠어? 정말 예쁘게 돌아가셨더라고… 생전에, 덕을 많이 쌓으시고 무엇에거나 사랑의 마음 품고 대하시던 모습이 내 눈에 그대로 보이더라니까."

장례식이 끝나고 유족과 조문객들이 한곳 식당에 모여 이른 점심을 들 때, 바쁜 일 뒷전으로 밀쳐두고 장지까지 따라와 준 태완의 친구 하나가 슬픔에 겨워 밥술을 뜨지 못하고 있는 태완의 손에 수저를 쥐여주며 위로해 주는 말이었다.

　―새 계명을 너희에게 주노니 서로 사랑하라 내가 너희를 사랑한 것같이 너희도 서로 사랑하라― (요 13:34)

　그날은 튤립이 드디어 꽃망울을 터트리는 바람 한 점 없는 청명한 날이었다.

할머니와 보따리

강 할머니는 길을 건널 때 좌우 양켠을 분명히 살폈었다.

오른쪽에선 차들이 한 대도 보이지 않았고, 왼쪽 한참 저-멀리에
선 마침 신호등이 바뀌면서 차들이 움직이려 하고 있었다.

강 할머니는 80여 년을 살아온 경험상 아무리 늙은 걸음이라 하
더라도 이쪽에서 저쪽으로 충분히 건널 수가 있는 시간이겠다 생각
하고 보따리를 머리에 인 채 그래도 한국에서 생활할 때의 습관이 남
아 뛰기 시작하였다.

그때.

"끼-이-익…"

자동차 바퀴가 급격히 조여드는 브레이크의 마찰음이 들려왔고,

"에그머니나…"

찰나에, 강 할머니는 차도 중간쯤에서 나뒹굴어지고 말았다.

마악 등지고 떠나온 공원 쪽에서도 차가 나올 수 있다는 것을 강
할머니는 미처 생각지 못한 것이었다.

그래도 정면으로 부딪히지 않은 것이 천만다행이었다.

잠깐, 자동차 바람소리가 강 할머니 옆구리를 스친 것 같았고, 깜짝 놀라서 얼결에 주저앉을 때 짚은 왼손과 엉덩이가 조금 욱신거릴 뿐 어디가 부러진 것 같지는 않았다.

금세 사람들이 강 할머니의 주변으로 몰려들고 있었다.

"☆♧◎▷?"

"◈△▦◆♤※."

그들은 강 할머니가 한마디도 알아듣지 못할 영어로 쏼라대고 있었고, 사고차의 운전수인 청년이 황망히 강 할머니를 부축해 일으켜 세우려고 안간힘을 다하고 있었다.

"나 혼자 일어날 수 있어요. 괜찮아요… 나 안 다쳤대두…O.K! O.K!"

막내딸 아이 초청으로 미국에 이민 온 지 5년이나 돼 가지만 영어라곤 OK밖에 모르는 강 할머니가 거듭 오케이 소리만 내지르며 청년의 부축을 사양하였다.

그래도 그쪽에선 연신 -?$%#@** 쏼라대면서 막무가내로 강 할머니를 길 건너쪽 도로변으로 부축해 갔다.

"내 보따리, 내 보따리…."

그제서야 강 할머니는 머리에 이고 있던 보따리를 생각해 냈고, 그게 걱정이 되어 청년의 이끌림 중에서도 몸을 떼내려 발버둥을 쳤다.

"내 보따리, 내 보따리…."

강 할머니는 억센 힘에 온몸이 땅에서 들려 안기다시피 옮겨가면서도 안타까이 보따리를 찾아 부르짖고만 있었다.

그러자 청년은, 할머니가 자꾸만 손으로 머리를 만졌다가 팔을 벌려 보따리의 크기만 한 둥근 모양을 거듭해 보이자 무슨 뜻인지 알았다는 듯 할머니를 길섶에 내려놓자마자 그때까지 저만큼 한길 가운데 내동댕이쳐져 있는 그 커다란 보따리를 주워다 곁에 놓아주었다.

그럴 즈음, '쓰-양 쓰-양' 하면서 그새 누가 신고했는지 앰뷸런스와 경찰차 두 대가 동시에 사고 현장으로 들이닥쳤다.

"&^%$#@?"

순경 하나가 큰 키를 구부려 강 할머니 얼굴에 제 얼굴을 가까이 대고 뭐라고 쏼라거렸다.

느낌으로 보아 -어디 다친 데 없어요- 묻는 것 같았다.

"나 아무 데도 안 다쳤어요."

강 할머니는 팔을 내젓다 말고

"그냥들 가세요. 나, 걸어갈 수 있어요."

이번에는 바싹 말라 주름으로 트인 손등을 순경 쪽으로 향하고 그냥 가라는 시늉을 해 보였다.

"#%$+=@!"

그래도 순경은 자꾸만 앰뷸런스를 가리키며 하는 말이 병원에 가자는 것만 같았다.

"나, 진짜 하나도 안 다쳤대두, 그냥들 가!…"

앰뷸런스에서 내린 사내들이 할머니 앞에 들것을 내려놓고 대기하고 있는 가운데 그중 하나가 강 할머니의 몸을 여기저기 살피려 들

기에 강 할머니는 버럭 역정을 냈다가 그래선 득 될 게 하나도 없다는 생각에 슬그머니 목소리를 죽여,

"제발들 그냥 가, 나 안 아프다는데 왜 들 그래요…"

이번에는 사뭇 애원조로 말했다.

"≫ ∃ ∀ ∨ ⊐"

"%#^&#"

이번에는 순경하고 구급요원이 고개를 갸우뚱하면서 뭐라고 쏼라대더니 그때까지도 할머니 주변에 둘러서 있는 사람들을 순경이 주-욱 훑어보다가 마침 동양인 사내를 하나 발견하자,

"□▽◎◁♧※"

"♤△◈†☆"

무슨 말인지 주고받더니

"0國人"

70 평생 한국에서 살 때 수도 없이 들어본 말생김이지만 뜻은 하나도 모를 중국인인 듯싶은 그 동양인이 강 할머니에게 말을 걸어왔다.

같은 동족인가 싶어 묻는 말인 듯싶었다.

"나 안 아프대도 왜들 그래… 제발 좀 그냥들 가…"

강 할머니는 보따리를 꼬옥 옆에 끼고서 꼼짝을 안 하고 있다가 이번에는 진짜로 안 다쳤다는 것을 보여줘야만 할 것 같다는 생각에 분연히 일어나서 팔 운동을 두어 번 하고 발을 떼놓으려니 왼쪽 엉덩이께가 욱신거려 왔지만, 며칠 지나면 나을 듯싶은 느낌이 들어서 서

너 걸음 왔다 갔다 해보이고 이번에는 순경을 향해 <괜찮치?> 싱긋 웃어도 보였다. 그러자 중국인과 순경이 눈을 맞추며 동시에 어깨를 자기들 모가지까지 올리고 두 팔을 반쯤 앞으로 내보이는 동작을 해보이더니 키 큰 순경은 할머니 곁을 떠나 그때까지 정체된 차량들을 정리하고 있는 동료가 있는 곳으로 다가갔다.

강 할머니는 참으로 진퇴양난이었다.

다치지 않았다는데 왜들 자신을 보내주지 않고 이렇게 마냥 붙들어 놓고 있는지 답답한 마음뿐이었다. 아니, 시간이 좀 지나고 보니 은근히 겁도 나는 게 지금은 괜찮아 보이지만 정말로 몸에 무슨 이상이라도 생겼다면 그건 보통 큰일이 아닐 수 없겠다는 생각도 들어서 보따리야 어찌되든 병원에 한번 가봐야 되지 않을까 하는 생각도 부지중 들기는 들었었다.

하지만 그럴 수는 없었다. 그리도 혹독했던 일제 시대와 6·25 그리고 6,70년대 보릿고개를 넘나들면서도 지금까지 홀몸으로 5남매나 훌륭히 키워놓고도 겨울에 고뿔 한번 걸리지 않았던 내가 아닌가? 강 할머니는 이 정도의 사단이야 평생에 부지기수였던 만큼 이번에도 별일은 없을 것이라고 자신에게 다짐을 주고 불안한 마음을 애써 외면하기로 작심했다. 보따리를 한시도 자신의 곁에서 떼놓을 수 없는 것이 당장에 급선무였던 것이다.

이 보따리 속에 무엇이 들었는지 순경이 알기라도 한다면 분명히 빼앗을 것이고 그다음에 곤욕을 치르게 되는 것은 선임자들에게 들어서 불을 보듯 뻔한 노릇이기 때문이었다.

뼈에 금이 간 정도는 아닌 것 같으니 괜히 병원에 실려가 보따리와 떨어져서 불안에 떨 것이 아니라 차라리 여기서 버티다 이대로 집으로 돌아가면 만사가 그야말로 오케이라는 타산이었다. 까짓거 아픈 기가 좀 오래간다 싶으면 한약 두어 제 지어먹고 찜질 좀 하면 될 듯도 싶었다.

강 할머니는 요지부동으로 길가에 쭈그리고 앉아서 버텨 볼 생각에 여념이 없는데,

"한국 할머니시군요?"

나이가 40쯤 돼 보이는 동양인 사내가 걱정스러운 얼굴로 다가와 말을 걸었다.

"?…네…!"

그때까지 양 무릎에 얼굴을 파묻고 고민에 싸여 있던 강 할머니의 얼굴에 금세 화색이 돌며 강 할머니는 사내를 활짝 올려다봤다.

그리운 언어였다.

"차가 밀려서 천천히 움직이고 있는데 저 키 큰 순경이 저보고 한국인이냐면서 교통사고 난 할머니가 한국인 같은데 통역 좀 해줄 수 없냐 해서요… 어디 다치신 데는 없으세요?"

사내가 물었다.

"아무 데도 안 다쳤어요. 말짱한데 왜 안 보내주는 건지 모르겠네원…"

"그래도 병원에 가 보시는 게 좋을 거예요. 당장엔 괜찮은 듯 보이

다가도 나중에 심각한 일이 일어날 수도 있거든요."

"아녜요 젊은 양반. 내 몸 내가 알아요. 난 그냥 뻐스 타고 집에 갈 테니 제발 좀 그냥 보내주라고 말씀 좀 해주세요. 네!"

"병원비 걱정돼서 그러세요? 그건 걱정 마세요. 보험에서 다 커버가 되고 할머님껜 하나도 부담될 게 없어요."

"정말로 나 아무 데도 안 다쳤대두… 왼쪽 팔목하고 엉덩이가 좀 시큰거리기는 하지만, 아마 놀라서 그럴 거야…."

"그러세요? 그럼 병원에 정말 가셔야겠네요. 노인들은 뼈가 약해서 만약에 뼈에 금이라도 갔다면 낫기가 여간 더디지가 않아요. 정, 뭣하시면 제가 병원까지 동행해 드릴 테니 걱정 마시고요."

참 고마운 동포 젊은이였다.

하지만, 이 보따린 어떻게 할 것인가?

둘 다 일을 다니면서 어쩐 일인지 힘들게 사는 막내딸래미 집에 얹혀 살기도 그렇고 두 아이 손주들이야 가든가 데리고 오든가, 돌봐주면 되겠기에 어렵사리 노인 아파트에서 사는 처지로서, 적으나마 용돈도 필요하고 잘하면 목돈도 마련할 수 있기에 시작한 이 일이 아니었던가! 그것도 봄에 딱, 한철인데 요때 부지런만 좀 떨면 딸래미한테 손 안 벌리고 혼자 그렁저렁 살아낼 수가 있는데. 이 지경이 됐으니 이걸 어떻게 할 노릇이란 말인가. 강 할머니는 갈수록 딱하기만 한 심정이었다. 얼마 전까진 한 아파트 노인들과 함께 다니다가 작년에 한차례 와 봤던, 아파트에서 그리 멀지 않은 곳에 있는 저 공원에 고사리가 지천으로 널려있더라는 친한 노인네들 자기들만의 귓속말을 듣고 하필이면 오늘 같은 날 혼자 욕심내서 나왔는지 이제 와서 후회해 봐도 소용없는 것이었다. 조금 전까지만 해도 오늘 수확이 그렇게 좋을 수가 없었는데, 호사다마라고 종내는 이 지경을 당했으니 이 얼마나 황당한 일인가 말이다. 그렇다고 다리가 하나 부러진 것도 아닌데 저 큰 보따릴 들고 병원을 왔다 갔다 할 수도 없는 일, 만약에 순경에게 보따리 속 내용물을 들키기라도 하는 날엔 그건 보통 예삿일이 아닌 것이 아니잖은가? 일전에 다른 아파트에서 사는 노인에게서 들은 얘긴데 한국 노파 하나가 냉이 캐다가 공원 관리인에게 들켜가지고 -벌금 낼래, 도로 심어 놓을래?- 해서 곤욕을 치렀다 하던데, 내가 만약 그 지경에 놓인다면 이 나이에 창피는 둘째 치고라도 몸 아픈 건 어떡하고 만약에 불같은 성질의 사위라도 안다면 체면이 뭐가 되겠는가 말이다. 거기다 잘만 하면 백 불은 족히 넘을 듯한 이 고사리가 아까워 강 할머니는 입술이 바삭바삭 타오르는 것이었다.

그렇게 강 할머니는 생각을 정리 못 해서 갈팡질팡 죽을 지경인데

"할머니!… 나물 캐셨군요?"

이런, 강 할머니가 한시도 떼놓지 않고 팔로 감싸 안고 있는 보따리를 곁눈질로 가리키며 사내가 활짝 웃으며 말하는 게 아닌가.

"아이고, 큰소리로 말하지 마세요. 들키면 큰일 나요…"

강 할머니가 기겁을 하였다.

"하하하, 이 사람들 한국말 못 알아들어요. 이것 땜에 병원 안 가시려고 그랬군요… 요즘엔 잡초 없애는 약도 뿌리고 해서 먹기엔 곤란하다고들 하던데, 이건 왜 캐러 다니세요?"

사내가 애잔한 표정을 지으며 할머니를 바라보았다.

"아녜요. 여긴 약 안 뿌린대요. 한 일 년 캐다 팔, 아니 나눠 먹어 봤는데 탈났다는 사람 하나도 못 봤어요…."

"그나저나 참 많이도 캐셨군요. 고향이 시골이신가 보죠?… 아뭇튼 보따리 걱정은 마시고 병원부터 가보세요. 이 사람들이 더욱 이상하게 생각하겠어요. 집 주소 주시면 제가 안전하게 전해 드릴게요. 식구들도 할머님이 병원에 가신 걸 알고 있어야 되잖겠어요?"

"아이고 이를 어째… 세상에 이렇게 고마울 수가. 식구들에겐 얘기할 것 없고 노인 아파트 경비원한테 전해주기만 하면 돼요. 아이고 하나님 감사합니다. 세상에 이렇게 고마울 수가…."

강 할머니는 사내에게 당신의 성함과 주소를 일러주고 그제서야 들것에 실려 앰뷸런스에 오르면서 연신 사내에게 고마운 마음을 표시하는 것을 잊지 않았다.

"괜찮아요 할머니. 제가 지금 퇴근하는 길이라 시간도 있고 하니 병원까지 함께 갔다가 상황 봐서 댁에까지 제가 모셔다 드릴게요. 그 보따린 제게 지금 주시고요."

사내가 애잔한 표정을 얼굴에서 지우지 못한 채 할머니를 안심시켰다.

"하나님 감사합니다. 세상에 이렇게 고마울 수가…."

강 할머니는 얼핏, 내 동포가 세상에서 제일 인정 많은 민족일 거라는 생각을 했다. 그리고 조금 늦겠지만 빨리 집에 돌아가서 오늘의 수확을 팔팔 끓는 물에 데쳐야겠다는 안정된 기분에 조금 전의 두려

웠던 마음은 멀리 사라져만 갔고,

(시카곤 봄이 너무 짧아!)

하는 현실적 생각에 공연히 안타까운 마음이 되었다가도,

(엄마! 요즘 사업이 잘되나 봐!)

꼬깃한 백 불짜리 지폐를 넌지시 쥐어줄 때 활짝 웃는 딸내미 얼굴이 떠올라 점차 부어오르는 엉덩이 통증을 잊고만 있었다.

강 할머니가 잠깐 바라본 서쪽 하늘엔 구름이 검게 펼쳐져 있는 것이 아마도 오늘 한밤중에 비가 내리시고, 그러면 모레쯤엔 아직 캐다 만 고사리가 훌쩍 키가 커 있을 거라고 강 할머니는 줄곧 그 생각만을 하다가 달리는 앰블런스의 진동에 수반돼 살그머니 스며드는 잠을 물리치지 못해 하였다.

거리엔,

상점들이 하나, 둘, 불을 밝히고 있는 시간이었다.

진눈깨비 속 날린 부메랑

십여 년 전, 기온이 조금 오른 탓인지 2월 중순 회색빛 하늘에선 진눈깨비가 추적추적 내리고 있었다.

두 블록쯤, 이런저런 상점들이 즐비하게 늘어선 길가엔 승용차가 서너 대 주차할 수 있는 틈새가 생겨나 있는 한적한 오후 2시경이었다.

김금숙 씨는 별의별 물건들이 질서도 정연히 쌓여있는 자신의 가게 안에서 성경책을 읽다 말고 (…십 년 전 후리 마켓에서 장사할 때도 정말이지 이런 날은 너무 힘들었었어…) 생각하며 창밖을 무심히 내다보다 이민 초창기 시절 한때를 떠올리고 있었다.

금숙 씨가 현재 운영하고 있는 잡화가게가 있는 이 동네의 거리는 낮임에도 불구하고 밖은 어두웠고 모든 것이 을씨년스럽기만 한 그런 날이었다.

그때,

"움직이지 마!"

열한두세 살쯤 되어 보이는 사내아이가 가게로 들어서서 안을 한

번 휘익 둘러보더니 작은 총을 점퍼 호주머니에서 꺼내 들고 금숙 씨를 겨누며 다가와 나직이 속삭였다.

순간, 금숙 씨는 갑작스러운 상황에 얼떨떨해하며 멍하니 그 아이를 바라만 보았다.

(꼬마 강도? 쟤가 지금 강도질하려 내 가겔 들어왔단 말야?… 쟤 손에 쥔 게 진짜 총이란 말야?)

금숙 씨는 도대체가 지금 일어난 이 상황이 남의 일인 것처럼 얼른 믿어지지가 않았고, 꼭 저 쪼그만 녀석이 지금 장난을 치고 있는 것이려니 하는 생각이 드는 것이었다. 아니, 그랬으면 하고 바라는 심정이었는지도 몰랐다. 밖에서 한참을 기웃거리며 안을 들여다보다 문을 열고 들어서길래 장난감이라도 사러 온 작은 손님인 줄로만 알았지, 저 아이가 총을 들이밀 줄이야 어디 상상이나 했었던가? 졸지에 당하는 일이라 금숙 씨는 한동안 무덤덤한 표정으로 소년을 바라만 보고 있었다.

금숙 씨가 하고 있는 이 장사가 싸구려 귀고리라든가 머리핀, 가방, 장난감 등을 파는 글자 그대로 규모가 작은 동네 잡화 구멍가게인 관계로 이 동네 사는 어린 손님들은 선한 녀석에서부터 악동에 이르기까지 다 안면이 있는 터였으나 이 아이는 아무리 더듬어 생각해 봐도 처음 보는 얼굴이기만 하였다.

"돈 내놔!"

꼬마가 다시 재촉하였다.

금숙 씨는 진열대 위에 올려져 있는 돈통 앞쪽에 앉아 있었고 소년의 머리는 상품 진열대 높이만큼에 머리가 걸린 듯한 모양새로, 작은 총을 든 손은 금숙 씨의 왼쪽 귓부리를 겁고 무겁게 향하여 있었다.

1초를 세분하면 영점 영, 몇 초나 될까?

10여 년의 미국 생활이 순간에 흐른 것 같고 또 심장이 뜨겁게 타올라 전율에 대처되어 흐물흐물 녹아내리는 것만 같았다.

언젠가 남편이 말해 주던 군대 시절, 월남전에 파병되어 수색조로서 이름 모를 어느 정글의 모퉁이를 돌다 베트콩과 맞닥뜨려 서로 얼마나 놀랐었던지— 그때의 그 상황이, 남편도 아마 지금의 내 심정과 똑같았을 거라고 금숙 씨는 뜬금없이 그 말이 생각켜졌다.

하지만 그때 남편은 군인으로서 무기를 들고 있었고 또 씩씩했던 젊은 시절이 아니었던가?

지금의 금숙 씨는 여자로서 이 지역이 조심스러운 곳이라 하더라도 이건 좀 너무하다 싶은 어처구니없는 상황에 황당한 마음뿐이었다.

(저 쪼그만 게 설마 진짜 총을 가지고 저럴라구… 아니야, 언젠가 신문에서 보니 저렇게 작은 총도 있다고 하던데… 돈통을 열어줄까? 아님, 저놈 자식 손을 움켜쥐고 뺨따귀라도 한 대 후려쳐줄까?… 그러다 저 녀석이 정말로 총을 쏜다면 어떡하지….)

그러나 그것은 생각일 뿐 금숙 씨는 한 발자국도 떼어놓을 수가 없었고 계산대 앞에 앉아 성경책을 보다 놀란 처음의 자세에서 한 치의 움직임도 용서를 받지 못하고 있는 자신을 발견하곤 소스라쳐 끝내 체념의 나락으로 무기력해져 가기만 하는 자신을 느끼고 있었다.

언젠가, 금숙 씨가 보고 있는데도 손목시계 하나를 훔쳐서는 태연히 나가며 금숙 씨를 바라보던 동네 망나니 '데릭'이란 녀석의 번득이던 그 눈빛과 저 아이의 눈초리가 서로 일치함을 느끼고 금숙 씨는 무모한 행동은 삼가기로 순간적, 결정을 내리고야 말았다.

(저건 진짜 총이야. 저 어린애가 강도짓을 하려 할 때 무슨 이성이 있어 사람의 목숨을 귀히 여기겠어…) 생각들 때

"돈통 열어."

꼬마가 앙골차게 턱으로 돈통을 가리키며 말했다. 그러자 금숙 씨는 꼬마가 지시한 대로 천천히 몸을 일으켜 세우며 조심히 손을 뻗쳐 'NS' 버튼을 눌렀다.

철컥,

오전의 매상이 담긴 그릇이 튀어나오며 금숙 씨의 가슴팍 앞에서 멈춰 섰다.

그리곤,

"…다 가져가!"

금숙 씨의 목소리가 입속에서 맴돌다 떨림이 되어 새어 나왔다.

"비켜!"

꼬마가 눈 한번 깜박이지 않고 금숙 씨를 쏘아보며 또 턱짓을 해댔다.

옆으로 물러나 있으라는 경고였다.

금숙 씨는 세 발짝쯤 물러나 섰다.

그러자,

"엎드려!"

아이가 명령했다.

(어마, 이놈 진짜 강도네!…)

엎드린 금숙 씨의 뒷목이 팽팽히 당겨지며 이대로 죽임을 당할 것만 같다는 생각에 온몸이 경직되어 갔다.

뒤미처 꼬마가 주인만이 드나들게 만들어 놓은 진열대와 경계하여 벽 쪽에 잇대어 가로질러 놓은 작은 출입문을 들치고 안쪽으로 들어섰다.

어른 강도였다면 쉽게 손을 뻗쳐 통 안의 돈을 몽땅 진열대 밖에서도 꺼내 갈 수 있으련만 이 아인 키가 작아서 안으로 들어올 수밖에 없었고 돈통이 놓여 있는 위치는 아이의 눈높이쯤이었다.

흘깃, 엎드려 있는 금숙 씨를 노려보며 꼬마 강도는 통 안의 돈을 집히는 대로 점퍼 주머니에 쑤셔 넣기 시작하였다.

요즘은 장사가 시원찮고, 아직 퇴근 시간 때도 아니어서 매상은 그리 많지 않았다.

아까 잠깐 무료해서 금숙 씨가 세어 보았을 때 20불짜리가 다섯 장, 10불짜리가 넉 장, 그리고 5불짜리 두 장에 1불짜리가 여나무 장 있을 거라고 금숙 씨는 그 자세에서 생각하였다.

그게 전부였다.

그런데 이놈은 동전들까지 샅샅이 뒤져 주머니에 쑤셔 넣고선 여전히 금숙 씨 등짝을 향한 총구를 거두지 않고 게걸음으로 아까처럼

118

출입문 덮개를 들어 올리곤 금숙 씨를 향해 히죽, 한번 웃고서는 잰걸음에 진눈깨비 내리는 거리 속으로 사라져 갔다.

"오늘 무슨 일 있었어?"

보통 때면 두 아이 다 집 떠나 있고 단출히 부부만이 사는 집에서 남편인 임경호 씨가 식당 문을 닫을 때쯤—밤길에 차 운전 조심하라고 꼭 전화를 주고, 경호 씨가 집에 도착할 무렵이면 집 밖까지 나와 남편을 맞이해 주던 아내가 오늘은 전화는커녕 마중도 하지 않고 남편이 집 안에 들어선 것도 모른 채 거실에 멍하니 앉아있는 아내의 모습을 보고 경호 씨가 의아해하며 물어보는 말이었다.

"…아무 일 없었어요….."

"근데 왜 그러고 있어? 말해 봐! 무슨 일 있었던 것 같은데, 무슨 일이야?"

경호 씨는 필시 아내에게 오늘 무슨 좋지 않은 일이 일어났음을 직감하고선 털썩, 소파에 주저앉으며 금숙 씨를 다그쳤다.

"…아무 일도 아니라니까요….."

금숙 씨는 오늘 낮에 있었던 일을 생각하면 시간이 지났어도 기가 막히고 내일이 두려울 뿐이었다.

(어째 그런 쬐끄만 녀석이 강도 짓을 다 하구….)

사고가 빈발하는 지역이긴 하지만, 막상 자신의 목숨이 위태로울 뻔한 사건이 일어났었다는 것에 금숙 씨는 사건 이후 심한 좌절감에 빠져 있는 것이었다.

나이가 들어서도 아니었다.

금숙 씨 손에 무기가 들려 있었다 해도 어찌해 볼 수 없는 일이기도 하였다.

지금껏 가슴이 짓눌려 답답하고 허망한 것은 바로 무던히도 사랑하던 연인으로부터 배신을 당한 그 쓰라림처럼 허무한 감정이 복받쳤기 때문이었다.

금숙 씨는 지금껏 그 가게를 운영해 오면서 대체로 그 동네에선 심성 곱고 부지런한 한국인 아줌마로 알려져 있었다.

동네 무슨 단체에서 불우이웃 돕기 모금이라도 있으면 서슴지 않고 얼마씩 도네이션도 하고 잡화 가게에 무슨, 매일 오는 같은 손님이 있겠냐마는 이것저것 필요해서 외상을 청하는 아는 이웃에겐 현금 출납기에 찍혀 나오는 영수증에 <제니퍼 외상> 이렇게 사인도 받아두고 매일 아침 가게 문을 열면 거리에 나뒹구는 깡통이나 깨진 병, 담배꽁초 따위도 줍고 쓸어서 언제나 상점 앞 거리를 항상 깨끗이 하는 아줌마였고 '마틴 루터 킹 데이'에도 어김없이 가게 문을 닫아 그들과 함께 그를 기념하는 태도도 보이며 나름대로 한 이웃으로서의 삶을 그들과 함께하는 같은 마음과 행동으로 살아가려고 노력하는 차분하고 냉철한 분별력에 자상하고 너그러운 금숙 씨이기만 하였었다.

마악, 이민 왔을 때와는 달리 지금은 생활에 조금 여유가 있으나 절대로 남의 동네에서 비싼 차를 타고 다니는 유세도 떨지 않았고 그

저 새 차라도 한 대 사게 되면 남편이나 아이들이 타고 다니게 하고 정작 금숙 씨 자신은 항상 식구들이 타다 만 헌 차를 정비하고 깨끗이 세차하여 타고 다니곤 했었다. 그들 지역에서 생업을 유지하며 살아갈 때에 그들과 이질적인 생활 태도로 행동한다면 그들의 시샘이 넘쳐 그게 어떤 분노로 폭발돼 올지 그게 두렵기도 했거니와 또 그래선 안 된다는 이성적인 판단에서였다.

정당하게 그들을 손님으로 하여 돈을 벌었으니 이것은 내 돈이라 내 맘대로 쓰겠다고 해서 누가 뭐라 할 사람 없겠으나 그 지역 사회에 이바지는 하지 않고 딴 지역에다 그곳에서 번 돈을 소비하고 과시하며 산다면 그들도 사람인 이상 감정이 없지 않을 것이기 때문이었다.

상부상조, 그럴 때일수록 서로 돕고 살아야만 하였다.

그들에게 잘 보이겠다 하는 것은 아부가 아니고 동양인과는 다른 고객들 모습과 성정에 두려움보다도 어디까지나 순리적인 예의를 지키며 더불어 살아가는 모습을 보여야 한다는 생각을 하며 금숙 씨는 오늘까지 단 한 번도 그걸 망각하고 소홀히 그들을 대하지 않았던 것이다.

그런데 오늘 손자뻘 될 만한 아이에게 약탈을 당한 것이 까짓, 돈 몇 푼이 아니라 지금까지 그 동네에서 쌓아 올린 금숙 씨 나름대로의 인화의 노력과 정성스러운 헌신을 강탈당한 것 같아 그만 슬픔을 느껴서인 것이었다.

(살았구나!) 하고 안심되는 느낌 같은 것은 전혀 감득치 못하고 흡사 뱀의 눈초리 같던 저 작은 영혼만이 금숙 씨의 가슴을 배신감으로

아프게 짓누르고 있는 것이었다.

그런대로 중산층의 생활을 영위하는 그 지역 주민들은 대체로 순진한 사람들로서의 이미지가 감각으로 와 닿았지만 가끔은 아이들의 무례함과 때때로 보이는 어른들의 부도덕성에 금숙 씨는 그때마다 얼마나 연민의 마음을 품고 살아왔었던가ㅡ 어느 땐 남편과 함께 일을 할까 하다가도 이곳이 금숙 씨 자신의 가정에 삶의 발판을 마련해 준 고마운 곳이고 또 5년여 정이 든 순진함이 더 많은 동네 사람들 생각하면 그래도 고달픈 하루하루를 지탱해 나갈 수 있었는데 그 관계를 한순간에 빼앗아 가버린 그 꼬마 강도가 금숙 씨는 지금 한없이 미운 것이었다.

"당신, 이제 그 가게 그만둬요. 내가 하는 식당도 이제 자리 잡았고 남들한테 아쉬운 소리하며 살진 않잖아! 큰일이야, 갈수록 위험해져서… 팔던가, 임자 없으면 그냥 문 닫아버리고 그간 고생했으니 좀 쉬고 정히 무슨 일인가 하고 싶으면 우리 식당에서 나하고 같이 일해요. 그동안 벌어 놓은 돈도 조금 있으니 애들 대학 졸업할 때까진 걱정 없을 거고 또 애들 졸업하면 돈 쓰임새도 줄어들 것 아냐? 당장 그만둘 생각해요."

경호 씨는 몇 번의 다그침 끝에서야 겨우 입을 뗀 오늘 있었던 아내의 자초지종을 듣고서 이젠 머리가 조금씩 히끗해져 오는 금숙 씨를 바라보며 안쓰러운 당부를 하며 어깨를 다독여 주고 있었다.

"어머, 저 녀석이야!"

그런 일이 있은 후 한 달쯤 지난 저녁 시간에 금숙 씨 가게 앞 길 건너 있는 세탁소를 얼마 전에 인수하여 운영하고 있는 동포인 캐롤 엄마가, 장사도 안되고 해서 문 닫기 전 심심해서 들렀다기에 진열대를 사이에 두고 마주 서서 이런저런 잡담을 하던 중 금숙 씨가 불쑥, 긴장된 목소리로 캐롤 엄마에게 소곤거렸다.

연배가 비슷하고 또 바로 이웃해서 가게를 운영하는 처지라 금세 친해져 주의도 줄 겸 바로 그때 일을 얘기했었던 관계로 캐롤 엄마도 직감적으로 그때 꼬마 강도임을 알아차리고 얼핏 뒤돌아보다 말고는 사뭇 당황하여 어쩔 줄 몰라 하였다.

그날처럼 진눈깨비가 내리고 있는 어두운 거리에서 환하게 불을 밝혀 놓은 가게 안을 창문에 바짝 얼굴을 갖다 대고 안쪽을 노려보는 녀석은 분명 한 달 전, 눈빛만으로도 금숙 씨의 가슴을 섬찟하게 쪼개 놓았던 바로 그 검고 작은 꼬마 강도였다.

"이를 어째 캐롤 엄마!… 나 저 녀석 때문에 요즘 자다 깨다 통 잠을 이룰 수가 없었어. 어떻게 저놈 좀 잡을 방도가 없을까?"

"나는 이 동네 온 지 얼마 되지 않아 잘 모르겠지만, 쟤가 이 시각에 또 여기 나타났으면 아무래도 이 동네 언저리 어디 사는 애 같은데 글쎄, 이를 어떡하지…."

"캐롤 엄마 말이 맞아. 지금 생각하니 어저께도 저 애를 철문 닫을 때 얼핏 본 것 같았어. 저 애가 이 동네로 이사 온 건 분명한가 봐. 그러길래 얼굴이 자주 보이는 게 아니겠어?"

"그나저나 이걸 어떻게 해?…."

"난, 쟤를 보니 또 심장이 떨려서 꼼짝을 못 하겠네… 가만있어 봐, 또 들어오려구. 그나저나 쟤 주머니엔 그 총이 분명 들어있을 거야… 어떡하지? 저 애가 그 짓을 하고도 저렇게 태연히 돌아다니고 한번 일 저질렀던 집을 다시 기웃거리는 게 무섭고 치가 떨려!… 저렇게 어린애가 말이야. 하긴 어리니까 저러고 다니겠지만….."

둘이서 떨리는 음성으로 소곤대며 그 아이가 눈치채지 않게 짐짓 딴청하며 곁눈으로 아이의 동태를 살피던 둘은 그만 흠칫 놀라며 말을 중단하고야 말았다.

그놈이 성큼 가게 안으로 들어선 것이었다.

순간, 두 여인의 심장이 잠깐 멎으며 온몸이 사시나무 떨리듯 떨려왔다.

(아유— 이걸 어째! 진작에 전화길 붙들고 순경을 부르는 시늉이라도 하고 있을 걸…)

금숙 씨는 정말이지 저 애가 또 들어오리라곤 생각지 못했었다.

그건 분명 상식에 어긋나는 일이었다.

그때, 캐롤 엄마가

"나, 밖에 나가 있을게요." 속삭이더니

"그래. 내가 금방 사 올게, 콕이라고 그랬지?"

영어로 큰 소리로 말하고선 그 꼬마 녀석을 쳐다보지도 않고 금숙 씨가 무어라 말도 하기 전에 재빨리 가게 밖으로 나가고 마는 것이었다.

금숙 씨가 얼떨결에 멈칫하며 엉거주춤 서 있는데 그 꼬마 강도도 돌발적인 상황에 잠깐 망설이는 듯하더니 그대로 무언가를 결심한 듯 두 손을 점퍼 호주머니에 찔러 넣은 채 돈통만을 그 뱀눈으로 쏘아보기 시작하는 것이었다.

조금 전엔 몰랐는데 갑자기 또 혼자가 되자 금숙 씨는 자신의 죽음이 거의 눈앞까지 와 있다는 생각에 혼이 벌써 반은 나가 있었고 온몸속의 피가 하얗게 얼어붙어 모든 산 것들이 정지되어 있는 느낌이 되어갔다. 그러나 어린 강도와 대치하는 시간이 조금 길어지자

(어쩜 좋아?… 이럴 때일수록 바짝 정신 차리고 서둘지 말아야 해! 살짝 웃으며 한번 구슬려 볼까? 아님, 왜 또 왔냐고 고함을 한번 질러 버릴까? …캐롤 엄마가 사정을 알고 나갔으니 어떻게든 조처는 취해주겠지?!)

온갖 생각이 교차되나 순경을 부르는 모션을 함부로 취할 수도 없고 그렇다고 이대로 마냥 녀석의 다음 동작을 기다릴 수만도 없는데다 금숙 씨는 무슨 말이든 지금 해야지만 이 숨 쉴 수 없을 만큼 조여드는 죽음의 어둠에서 견디고 살아날 수 있을 것만 같았다.

금숙 씨는 이를 악물었다.

그리곤 엉뚱히 장난감들이 놓여 있는 진열대를 가리키고

"너 뭘 살 거야? 뭘 원해? 저 장난감 순경차? 아니면 저 책가방?" 하며 견딜 수 없는 긴장이 빨리 사라지길 바라며 필사적으로 지껄이기 시작하였다.

무엇이든 빨리 지나가고 잊고만 싶어졌다. 기억력이 송두리째 몸에서 빠져나가 아무것도 느낄 수 없는 천치가 되고 싶었다.

그러나 처음 말문을 열 땐 떨리던 목소리가 한여름 소나기처럼 말을 쏟아내자 조금은 긴장이 풀린 듯도 싶었다.

그것은 캐롤 엄마가 밖에 나가 가게 안의 동정을 살피고 있을 것이라는 기대와 이 꼬마 강도가 자신과의 눈 맞춤을 거두고 흘깃, 흘깃 창밖을 내다보며 자세를 흐트러뜨렸기 때문이기도 하였다.

잠깐 시선이 비킨 것만 해도 금숙 씨는 살 것만 같았다.

그러자 소리를 좀 더 지르면 한결 나을 것 같다는 생각이 들어

"네가 원하는 물건이 없으면 다음에 와! 지금 가게 문 닫을 시간이야!"

금숙 씨는 노기 띤 얼굴로 이놈의 자식 귀싸대기를 한 대 갈기고 싶다는 강렬한 표정으로 꼬마 강도의 뒷통수를 노려보면서도 일순, 강도질하려는 놈에게 무슨 놈의 물건을 사겠냐고 물어보았는지, 심한 자괴감에 얼핏 자신의 비굴스러움에 진저리를 한번 쳐댔다.

"뭘 원해? 나가! 문 닫을 시간이야!"

급기야 금숙 씨의 입에서 거의 울음이 배인 고함이 터져 나왔다.

그러자 밖의 동정을 살피던 꼬마가 고개를 돌려 금숙 씨를 째려보았다. 그리곤 발을 떼며 한 번 더 바깥쪽을 내다보다가 고개를 숙여 잠시 무엇인가를 생각하는 눈치더니 문쪽을 향해 걸어가는 것이었다. 그러다가는 불쑥, 방향을 틀더니 팔려고 내놓은 아이들 플라스틱 의자에 풀썩 주저앉아 금숙 씨를 보며 히죽 한번 웃더니 그대로 노려보기 시작하는 것이었다.

손은 점퍼 주머니에 찔러 넣은 채였다.

피를 말리는 놈이었다.

강도로 대성할 놈이었다.

밖으로 나가는가 싶었는데 그 기대의 상실과 분노와 두려움과 어쩔 수 없는 무기력함에 금숙 씨는 쓰러지려는 몸체를 후들거리는 다리에 겨우 지탱하고서 꼼짝도 하지 못한 채 그놈의 눈만을 같이 쏘아볼 뿐이었다.

저놈이 다시 나타나고부터 지금까지 또 십 년의 시간이 흐른 것만 같았다.

금숙 씨의 금쪽같은 생애에 있어서 한 달 전에 10년, 오늘 또 10년, 도합 20년을 저놈이 작은 총 하나로 착취해 가고 있는 것만 같았다.

(분명 캐롤 엄마는 밖에서 망을 보고 있지 어디로 달아나지는 않았을 거야. 이놈은 아마도 캐롤 엄마가 마실 것을 사 가지고 돌아올 때를 기다리고 있는 것일 거야. 아무래도 아까 친구 같은 동양 여자 하나가 마실 것을 사 가지고 오겠다고 하고 나갔으니, 언제 돌아올지 모르는 사람을 두고 일을 저지를 수는 없어서일 것이야. 그렇다면 저 어린 놈의 계산 속에 우리의 행동이 답이 되어서는 안 될 거 아냐? 캐롤 엄마는 진짜로 무엇인가를 사 가지고 오는 바보짓을 해서는 안 돼. 아, 나는 왜 아까 캐롤 엄마처럼 밖으로 나가는 기지를 피지 못했지? …다른 사람은 믿지 못하겠다 해도 나는 알아. 저놈은 웃으면서 아무런 느낌 없이 벌레 죽이듯 나의 심장에 총을 쏠 놈이야, 정말. 야, 이놈아! 네가 뭔데 나를 심판하려 하니?… 아, 이를 어째, 지금 저놈이 빤히 보는 앞에서 순경을 부를 수도 없고, 어떻게 하지? 아, 그때 내가 영

어도 짧고 이왕 당한 거 앞으론 내가 좀 조심하면 되지, 하고 강도당한 거 신고 안 한 게 정말 후회되네… 캐롤 엄마! 순경은 부르지 않고 저놈이 나올 때만을 기다리고 있는 것은 아니겠지, 응? 근데 가만, 돈을 그냥 가져가라고 저번처럼 돈통을 열어 줄까? 아니야, 돈 달라고 말하지도 않았는데 내가 먼저 가져가라고 할 순 없잖아. …야, 이놈아! 주머니에서 손 좀 빼거라 으—응!…)

지푸라기라도 있으면 잡고 싶은 암울한 상황에서 이런저런 생각에 갖은 지혜를 짜내 보았지만 도대체 이제는 거대한 암석처럼 보이는 저 아이를 제압할 어떤 결론도 금숙 씨는 찾지 못하고 있었다.

오직 희망은 캐롤 엄마의 911 신고뿐이었다.

그저 둘의 마주친 눈빛은 어서 상대가 져 주기만을 발하는 무언의 말들을 하고 있을 뿐이었다.

어린아이의 눈빛에는 거짓이 없다고 몇 번 책에서 읽은 듯하지만 지금 저 아이의 눈빛은 천만의 말씀이었다. 그래서 그 말은 사실이 아니라고— 아이에 따라선 끔찍한 눈빛도 있는 것이라고 나는 누구에게라도 자신 있게 말할 수 있다고 금숙 씨는 상황에 어울리지 않는 엉뚱한 생각도 해 보는 것이었다.

그래도 금숙 씨는 혹시나 저 녀석 어딘가에 순진한 아이의 여린 구석이 있지나 않을까 하여 한가닥 기대감을 가지고 꼬마에게 하소연할 틈을 발견해 보려 애를 태웠다.

머리는 곱슬머리에 짧았는데 이발해서 그런지 그만큼밖에 자라

128

지 않은 것인지 금숙 씨는 분별력을 잃은 지 오래였고 동그란 귓볼에 입술은 두툼하고 눈초리는 또래의 아이들보다 날카로웠다.

웃도리는 아무런 장식이 없는 검정색 겨울 점퍼를 입고 있었고 빛바랜 청바지에 검은색 나이키 운동화를 신고 있을 뿐 어디서고 기대할 만한 구석을 발견치 못하자 금숙 씨는 다시금 몸을 추스릴 기력조차 이젠 가을 삭풍에 메말라만 가는 갈대 모양 허물어져 가고 있었다.

미시간주 앤아버시에 있는 미시간 대학 기숙사 생활하고 있는 졸업반 장남과 1학년 딸아이 얼굴이 금숙 씨의 뇌리에 선명히 되살아나고 지금쯤 저녁 식사 손님 맞이에 분주하고 있을 남편 경호 씨 모습이 겹쳐 떠올랐다.

아이들에게도 자상히 대하면서 늘 금숙 씨를 토닥여 주던 남편. 프라이팬 들어 올리기가 이젠 힘에 부치지만 아이들 학교 공부 끝내고 직장 잡아 출가할 때까지만이라도 견뎌야지, 하며 밤 10시에 가게 문 닫고서 11시쯤에나 파김치가 되어 귀가하는 남편….

(여보, 지금 나 어떡하면 좋아요…)

울컥, 약해지는 마음을 금숙 씨는 마른침을 꿀꺽 삼키며 억지로라도 자신을 추스르고 또 추스렸다.

그때였다.

금숙 씨는 보았다.

꼬마 강도는 안쪽에 있는 금숙 씨를 쳐다보고 있느라 보질 못했지만, 금숙 씨는 보았다.

사이렌 소리를 죽이고 순찰차 한 대가 금숙 씨 가게를 지나 정차를 하자 동시에 길 건너편 캐롤 엄마 가게 앞에도 경찰차 한 대가 미끄러지듯 다가와 급정거를 하느라 끼—익, 경찰차의 브레이크 마찰음이 축축한 밤거리를 긴장으로 감쌌다.

그 소리에 꼬마가 놀라 후다닥 일어나 밖을 내다보았다.

가로등 불빛 희미한 밖에선 허리에서 총을 빼든 순경 한 명이 금숙 씨 가게 창가 모서리에 몸을 붙이고 있었고 길 건너에선 또 다른 순경 하나가 전신주 뒤에 기대어 가게를 향하여 총신을 두 손으로 받쳐 드는 모습이 금숙 씨의 눈에 띄었다.

(오, 하나님 감사합니다.)

금숙 씨가 안도의 숨을 내쉴 때 넓지도 않은 가게 안에서 흡사 독안에 든 생쥐 꼴인 꼬마가 몇 발짝 재빠르게 은폐할 곳을 찾아 움직이는 것 같더니 장난감이 쌓여 있는 곳으로 부리나케 다가가 그것들을 만지며 무엇인가 상품을 고르는 시늉을 하는 것이었다.

거기엔 덮개가 열렸다 닫혔다 하며 자동차 안 공간이 널찍한 폴리스 카도 있었고 자유자재로 모형을 변화시키는 트랜스포머 로봇이며 여자아이들 인형 같은 것이 놓여 있는 완구만을 진열해 놓은 곳이었다.

꼬마의 그런 동작은, 순경이 차에서 내려 신고가 된 상점 위치를 확인하고 창가에 몸을 붙이려는 순간과 길 건너 순경의 동작을 금숙 씨가 보는 순간, 거의 동시에 일어난 일이었다.

그것은 밖의 동정과 가게 안 꼬마의 행동을 금숙 씨가 같은 시각에서 세 물체의 동작을 동시에 관찰할 수 없는 상황이기도 하였다.

"아줌마, 저 책가방 주세요."

손가락으로 까만색 아이들 등에 지는 책가방을 가리키는 꼬마의 손에는 어느새 20불짜리 지폐가 쥐어져 있었고,

"무슨 일이에요?"

상점 안의 동태를 살피다 동양인 여주인과 조무래기 손님 한 명 뿐인지라 약간은 싱거운 표정으로 순경들이 총집에 총을 넣으며 들어서며 물었다.

순간, 금숙 씨는 순경의 물음엔 대꾸도 못 하고 꼬마의 돌발행동에 망연자실 아이의 얼굴만을 쳐다볼 뿐 할 말을 잊고 말았다.

"아줌마, 나 저거 살래요."

아이가 재촉하며 연신 가방을 손가락질하면서 돈을 흔들어 댔다.

―이게 어떻게 된 일이야?―

금숙 씨는 얼른 흩어져 있던 정신을 수습하지 않으면 안 되었다. 그리고 시간이 조금 지나자 마음이 진정되며 대충 상황이 이해가 되어 금숙 씨는 짧은 영어이지만 차분하게 자초지종을 설명해 나갔다.

저 아이가 지난달에 가게에 들어와 강도짓을 했던 것하며 또 오늘 일어난 일에 대해서 손짓 발짓을 섞어 가며 필사적으로 설명해 나갔다.

금숙 씨는, 이 간교하고 뱀처럼 섬뜩한 아이는 자신과 마주쳐서는 안 된다는 일념뿐이었다.

이놈은 어떡해서든지 사실을 밝혀 이 사회와 격리를 시켜야만 하였다.

이 아인 이미 아이가 아니었고 벌레 먹은 잎사귀는 일찌감치 따내어야만 하였다.

이 세상은 선한 사람만이 살 자격이 있는 터전이었다.

이 세상은 울타리가 없어야만 하였다.

자물쇠가 없어야만 하였다.

금숙 씨는 사력을 다하였다.

그러자, 금숙 씨의 설명을 듣고 있던 순경 중 체격이 우람한 흑인 순경이

"그래요? 그럼 내가 저 녀석 주머니 한번 뒤져보죠. 너, 이름이 뭐니?"

하며 꼬마의 몸을 뒤지기 시작하였다.

그러자,

"타미요. 으 —앙—, 내가 뭘 잘못했어요 —으—앙—."

타미란 이름의 꼬마가 몸 수색을 당하면서 울음을 터트린 것이었다.

"울지 마! 가만 있어봐—."

아무튼 신고가 들어와서 출동을 하였고 주인의 말이 너무도 진지하나 상대가 어린아이이고 보니 반신반의하면서도 순경이 우는 아이를 달래며 몸을 뒤졌지만, 그 아이의 몸에서 나온 것은 캔디 두 알과 25전짜리 동전 하나, 그리고 손에 들고 있는 20불짜리 지폐 그것이 전부였다.

이놈이 그놈이라고 그토록 설명을 했건만 예의 그 성냥갑만 한

총이 나오지 않은 데다 조그만 아이가 기겁을 하며 울어 제치고 가방 사러 왔는데 이 아줌마가 왜 이러느냐고 되려 반문하는 바람에 순경은 난감해하며 금숙 씨의 말을 도무지 믿으려 하지 않는 것이었다.

금숙 씨로선 어떻게 해 볼 수 없는, 오히려 바쁜 순경을 불러내어 불편만을 준 귀찮은 동양인 여주인이 되고 만 것이었다.

더욱이 뒤미쳐 가게 안으로 들어온 너댓 명의 순경 중 하나가 ― 우리가 동양인을 볼 때 비슷비슷하게 보듯이 당신도 딴 아이를 이 아이로 잘못 본 게 아니냐는 듯한 물음에, 금숙 씨는 무엇 하나 증거를 내보일 수가 없는 현실이 아득할 뿐이었다.

신고한 캐롤 엄마도 미심쩍은 표정으로 금숙 씨와 아이와 순경들을 번갈아 쳐다볼 뿐 계면쩍게 신발로 바닥을 스적스적 비비고 서 있을 뿐이었다.

금숙 씨로선 이젠 어떻게 할 수가 없었다. 그저 이 어려운 고비를 넘겼다는 안도감으로 위안을 삼고 솟구치는 억울함과 엄습해 오는 불안감을 체념으로 떨쳐낼 수밖에 없었다.

금숙 씨는 마지못해 가방 값을 계산기에 찍고 돈통을 열어 영수증과 거스름돈 함께 책가방을 내주며

(이놈, 내일은 이 책가방 물려 달라고 다시 올 놈이야…) 생각하였다.

그때,

그 아이가 순경들을 등 뒤에 두고 히죽, 웃었다.

순간, 금숙 씨의 가슴이 단숨에 예리한 칼에 그어진 듯 섬뜩해 왔

다.

(저 간교한 놈….)

마침 다음 달 말이면 이 가게 임대도 끝나게 되니 이제 그만둬야 겠다는 생각이 금숙 씨의 온몸을 서리서리 훑고 지나갔다.

"인제 집으로 가라 꼬마야." 순경 하나가 아이의 등을 툭, 치며 순 경들이 돌아갈 채비를 차리자

"고마워요."

순경들을 보며 말하는 아이의 눈가엔 눈물이 그대로 매달려 있었 다.

"어머, 시간이 벌써 이렇게 지났네! 안 가실 거예요? 좀 이르긴 하 지만 이젠 그만 가죠. 그럼, 나 먼저 갈게요. 진눈깨비가 종일 내리니 하이웨이에 차들이 엄청 밀리겠네요. 그럼 내일 봐요!"

어이없게도 상황이 묘하게 끝나자 허탈히 서 있는 금숙 씨에게 팔 장을 끼고 벽에 기대어 멍하니 서 있던 캐롤 엄마가 언뜻 팔목시계를 보더니 화들짝 놀라며 금숙 씨에게 말했다.

"고마웠어요, 캐롤 엄마. 조심해 가요."

금숙 씨는 밖으로 나가는 캐롤 엄마의 등 뒤에 대고 힘없이 말하 였다.

그때 나가는 캐롤 엄마와 엇갈려 몸집이 비대한 여인이 가게 안으 로 들어섰다.

문 닫을 시간이 1시간쯤 남아 있었지만 금숙 씨는 지금 바로 철문 내리고 집으로 가고 싶었지만 어제도 와서 장난감 값을 물어보고 간

손님인지라 얼른 표정을 풀고 손님을 맞이하였다.

"어서 오세요. 밖의 날씨가 안 좋죠?"

"안녕하세요. 난 이런 날이 제일 안 좋아요. 눈이면 눈, 비면 비, 그래야지 이도 저도 아닌 게 아주 안 좋아요. 난, 어제도 말했지만 둘째 손자 녀석이 어찌나 조르는지 오늘은 꼭 사다줘야겠어요. 어제 본 폴리스카 있죠? 불이 번쩍번쩍 돌던 거 그것 주세요. 세금은 받지 말고, 무슨 뜻인 줄 알죠? 난, 너무 늙어서 일을 못 한다오…"

"어머, 오십도 안 돼 보이는데 늙었다고 하면 어떡해요?"

금숙 씨는 얼른 장난감 있는 곳으로 가서 제일 위에 있던 어제 저 손님이 보고 간 폴리스카를 손님을 바라보며 빈 박스에 담고 미소 띤 얼굴로 말을 받았다.

정찰제로 팔고 사게 돼 있는 미국의 상법이건만 그들은 한국인 가게에서 물건을 살 때는 대체로 값을 깎으려 드는 게 언제 누구로부터 그리됐는지는 모르겠다고 금숙 씨는 잠깐 현실로 돌아와 생각하였다.

"여깄어요. 어제도 보셨지만 배터리 공짜로 넣어 둔 거니 세금만은 내세요. 그건 내 돈 아닌 것 잘 아시죠?!"

금숙 씨는 살짝 미소 띤 얼굴로 물건을 건네주며 이젠 서둘러 문 닫고 집에 가서 푸—욱 쉬고 싶다고 생각하였다.

"어? 안 돼 마이클!"

할머니가 동생 주려고 폴리스카를 사 왔다는 말을 방 안에서 듣고 어슬렁거리며 나오던 형이 동생이 폴리스카를 앞에 두고 총을 들고

있자 놀라 부르짖을 때

"타ㅡ앙ㅡ"

"아이고, 이게 무슨 소리야? 타미! 마이클! 엄마! 이게 무슨 소리야?"

삼십 갓 넘은 듯한 여인이 부엌에서 음식을 조리하다 말고 응접실에서 나는 총소리에 놀라 비명을 지르며 뛰쳐나왔고

"아니, 이게 무슨 소리니?…"

조금 전 금숙 씨 가게에서 장난감 순경차를 사 간 여인이 방에서 뒤뚱이며 나와 보니 큰아이가 피가 솟구치는 배를 감싸 쥔 채 놀란 얼굴로 서 있었고 대여섯 살로 보이는 사내아이의 손에는 성냥갑만 한 총이 들려 있었다.

"마이클, 그 총 어디서 났어? 어디서 났어?…"

아이들 엄마인 듯한 여자가 아이의 손을 후려쳐 총을 떨어뜨려 발로 멀찍이 밀어놓고 어쩔 줄 몰라하자

"으ㅡ앙, 으ㅡ앙, 할머니가 사 왔어. 으ㅡ앙, 으ㅡ앙, ㅡ"

아이가 놀라 울음을 터트리며 자지러지는 옆으로 폴리스카가 불을 번쩍이며 돌고 있었다.

한 달 후 어느 토요일,

오전 10시경, 어른 아이 뒤섞인 많은 사람들이 금숙 씨의 가게 앞에 몰려와서 어서 가게 문이 열리기만을 기다리고 있었고 가게 안에서는 금숙 씨와 부활절 연휴를 맞아 잠시 집에 들른 두 남매와 앞 가게 캐롤까지 와서 가게 물건들을 이리저리 옮기며 부산하게 움직이

고 있었다.

타미네 집에서 그 사건이 일어난 후, 금숙 씨는 여러 번 경찰서에 불려가 조사를 받고 며칠 힘든 시간을 보냈지만, 사건이 날 때 큰아이가 그 폴리스카를 만지지도 않고서 바로 총을 맞은 정황이 드러난 데다 그 총과 박스 안에서 큰아이의 지문이 나오고 금숙 씨의 진술을 종합하여 추궁 끝에 중상이지만 목숨은 부지한 아이의 자백을 받아 그 사건은 일단락이 되었는데, 그 사연이 지역 신문에 실리며 많은 동네 사람들이 그 사건을 알게 되었고 금숙 씨가 기자와 인터뷰 끝에

"그동안 제게 도움을 주신 동네 분들께 필요한 물건들 한 사람에 한 가지씩 1시간 동안만 선물로 드리고 가게는 이제 문을 닫으려 합니다."라는 뉴스를 보고 사람들이 이른 시간부터 장사진을 치고 있는 것이었다.

금숙 씨는 다 나누어 주고 남는 물건들은 구세군 교회로 도네이션 하기로 방침을 세우고 이 일이 끝나면 며칠 있다 몸담은 교회에서 성도들과 함께 이스라엘 성지 순례를 다녀오기로 하여 홀가분한 마음으로 앞날을 바라보게 되었다.

이제 이 동네를 떠나기로 한 그날,

디아스포라 금숙 씨의 생활력과 포근한 정이 서렸던 그 거리는 맑고 밝은 하늘이 따스하게 품고 있었고 안면 있는 동네 주민들과 포옹도 하고 어떤 이는 눈물을 글썽이며 헤어짐을 아쉬워하기도 하는 정경이 오전 내내 금숙 씨 가게 앞에서는 이어지고 있었다.

눈 꽃송이 피던 날
- 실화소설 -

1980년대도 거의 끝나가는 12월 중순 어느 날.

'나만복'은 서둘러야 했다.

평상시엔 아침 열 시에 가게 문을 열었으나 대목을 앞둔 요즘에는 늦어도 아홉 시 반까지는 자신의 가게에 도착해 있어야만 하였기에 더욱 그랬다. 그런데 벌써 10시가 넘어 버린 시각에 이제서야 겨우 다운타운을 벗어났으니 만복은 조바심이 나지 않을 수가 없었다.

며칠 있으면 크리스마스라 이런저런 상품을 취급하는 도매상이 많은 클락 거리에서 장난감이라든지 잡화류를 사서 싣느라 늦게 출발한 탓에 아직 55번 도로에는 들어서지도 못하여 '레이크쇼어 드라이브 웨이' 남쪽 방향으로 주행 중인 만복은 45마일 제한 속도를 무시하고 거의 60마일로 보름 전에 산 신형 닷지 미니밴을 몰면서 조바심을 쳤다.

러시아워가 지나 차들이 붐비지는 않았으나 대체로 교통 법규를 잘 지키는 시카고 운전자들 차 사이사이 빈틈을 노려 비집고 내달리는 만복의 눈에 드디어 55번 도로의 진입로인 고가도로가 눈에 들어왔고 그때 마침 경사진 도로 초입 길가에 견인차 한 대가 점멸등을 번쩍이며 서 있는 모습이 시야에 들어왔다.

그 광경은 대체로 동승자 없이 혼자 차를 모는 운전자에겐 슬그머니 호기심이 나는 일이기도 해서 만복은

(뭐지?) 생각하며 잠시 한눈을 팔았다.

그러다 55번 국도가 시작되는 비탈진 도로를 오르며 다시 정면을 주시하던 만복은 순간,

"어억!"

자신도 모르게 비명을 지르고 말았다.

전방 10피트쯤에 예전 70년대에나 보였던 일명 딱정벌레 '폭스바겐 버그'가 한 방향 2차선 도로뿐인 곳에 하필이면 만복이 택한 왼쪽 진행로 앞에 정차해 있는 것이 아니겠는가—

"아이구!"

만복은 비명을 지르며 반사적으로 급브레이크를 밟으며 당황해하였다. 달리고 있던 속도나 정차해 있는 차와의 거리로 인해 옆 차선으로 차들이 지나는지 아닌지 사이드미러나 백미러를 보든가 옆 차선으로 눈을 돌릴 여유가 있는 시간이 아닌 것을 직감한 것이었다. 20여 년 전 한국에서부터 운전해 왔던 경험상 0.1초라도 딴 데로 한눈을 팔았다가 만약 어떤 차가 옆 차선에서 운행 중에 있다면 다시 눈을 돌려 앞을 바라보는 여백의 시간에 차는 충돌하고야 말 것이 분명했기 때문이었다.

순간, 정차해 있는 '버그'와 좌측 난간 사이에 있는 좁은 갓길이 만복의 눈에 띄었다.

(저리로 가자)

잘하면 충돌을 면하고 비켜갈 수 있을 것 같다는 생각이 순간 든 것이었다. 드디어 만복이 있는 운전 솜씨를 다 발휘하여 그 좁은 길을 대각선으로 지나치는 찰나, 만복의 밴 오른쪽 옆구리가 부욱 긁히며 지나는 소리가 났고, 만복은 가까스로 20피트쯤 전방에 차를 세울 수가 있었다. 지나치며 옆 창문으로 바라본 흑인 젊은 운전자는 운전석에 앉아서 눈을 왕방울만 하게 뜨고 만복의 차를 바라보고 있었다.

"야, 임마! 고장이 났으면 차를 숄더로 옮겨놨어야지, 차를 그대로 세워 놓는 놈이 어디 있어?"

부아가 치밀어 오른 만복이 차에서 내려 '버그'에 다가가며 고함을 질러댔다. 그사이 차에서 내려 만복을 바라보고 있는 흑인 청년은 깔끔하고 선하게 생긴 인상의 젊은이였다.

(고약한 상대는 아니구나…)

만복의 느낌에 대뜸 일말의 안도감이 생겨났다.

"이봐! 차가 고장 났으면 갓길로 차를 옮겨놨어야지 여기 그냥 세워놓으면 어떡해?"

"정말 미안합니다. 제가 당황해서 미처 그 생각을 못 했습니다. 시동을 다시 걸어 보려고 거기에만 신경을 쓰다가 그만…"

청년은 만복의 생각대로 공손하였으며 차보다도 상대의 반응을 먼저 살펴보던 만복이 흘깃 들여다본 그의 차 안에는 가방에서 쏟아져 나온 책들이 보였다.

그때쯤, 만복은 슬그머니 상대방의 잘못도 있지만 자신의 부주의도 있음을 부지중 인지해 가고 있었다.

누가 한눈팔며 운전하라 했던가? 속도 제한도 안 지키고 정면을 주시 못한 자기 자신의 책임이 더 무거울 것이라는 생각이 청년의 착한 눈을 보는 순간, 만복의 원망이 슬그머니 반성의 마음으로 바뀌어 가고 있었다.

만복은 먼저 청년의 차 상태부터 살펴보았다.

아니나 다를까, 버그의 뒤 왼쪽 미등이 부서져 나가 그 조각들이 바닥에 흩어져 있었다.

너무 짧은 발견 시각과 거리, 그리고 속력으로 인해 그 상황에선 최선일 수밖에 없는 갓길로 선택한 대각선 방향 전환이 터무니없이 짧은 거리 때문이었을 것이었다.

"이게 내 보험 카드야. 넘버 적고, 자네 보험 카드도 좀 보여줘."

만복이 먼저 사고 처리를 위해 서둘렀다.

언제 교통경찰이 지나갈지 그때까지 마냥 기다릴 수도 없는 일이었고 사정이 사정인 만큼 이 상황을 빨리 벗어나야만 했다.

"그러지 않아도 저는 이 차 버리려고 생각 중이었는데요…"

청년은 문제가 확대되는 것을 원치 않는 눈치였다.

"그럼, 어떻게 했음 좋겠어?"

"괜찮으시다면 없던 일로 하는 것을 저는 원합니다."

청년은 말머리와 말끝마다 'Sir'를 붙이며 만복을 공손히 대했다.

"그래? 그럼, 좋아."

만복은 여전히 그에게 하대를 했고,

"아이 엠 쏘리, 썰!"

청년은 여전히 경어를 썼다.

그래서일까? 그가 원하지도 않았고 또 누구의 잘잘못이 법적으로 판별되지 않은 사건임에도 만복은 그에게 마음이 변하면 찾아오라며 자기 가게 주소를 알려주고 그 현장을 벗어났다.

이상하리만치 간단하게 사건을 마무리 지은 만복이 자신의 차에 돌아와 살펴보니 밴은 우측 옆구리 하단부가 길게 패어 있었다.

"제기랄, 오늘 참 더럽게 재수 없네…"

화가 치밀어 오른 만복이 주먹 쥔 손으로 차를 몇 차례 두들겨대곤 차에 올랐다.

만복은 하루 종일 기분이 언짢았다.

1년 중 가장 주머니가 불룩해지는 시즌임에도 불구하고 오늘따라 매상은 전혀 활기를 띠지 못했고 가게 문을 열자마자 들이닥친 뚱뚱보 중년 여성이

"기미 마니 빽!"

일주일 전에 여기서 산 시계가 가지 않는다고 이 동양 주인 놈이 시계값 안 물어주면 고래고래 소리 지르고 난리를 한번 쳐봐? 벼르듯이 만복의 표정을 살펴보며 탐색전을 벌이다 소원 성취하고 가더니만,

"오늘 정말 재수 더럽게 없네. 뭐 이리 되는 게 하나도 없어?"

얄팍하게 깔린 지폐를 세지도 않고 주머니에 쑤셔 넣고서 '쾅' 소리가 나게 돈통이 부서져라 밀어붙인 만복이 손님 없는 가게 안에서 잡다한 물건들을 향해 고함을 질러댔다.

거기다 달라고 하지도 않은 가게 주소는 왜 알려줘 가지고, 생긴 것과 달리 그 청년이 패거리를 몰고 와 무리한 요구라도 해 온다면

(아, 난 왜 그리 경솔하기만 했을까?)

후회가 꼬리에 꼬리를 물고 일어나는 것이었다.

가게 문을 닫고 나서도 상처 난 자신의 차를 다시 한번 살펴보자 시간이 많이 지났음에도 화가 다시 도진 만복은 마침 바람에 깡통 하나 굴러와 발 앞에 멈추자

"에라이, 빌어먹을…"

냅다 깡통을 가게 담벼락을 향해 걷어차며 분을 삭이지 못해 했다.

어두워진 거리에는 눈송이가 하나둘 내리고 있는 시간이었다.

(…차를 거기다 세워두면 어떡해…)

W. 94번 고속도로에 올라 북쪽 방향 집으로 가면서도 만복은 종일 그 사고 순간에서 벗어나지 못하고 있었다.

그사이 하늘에 있는 솜털 공장에서 무슨 일이 일어났는지 좁쌀만한 싸락눈이 이젠 포도알만 한 솜방울로 변해 휘저으며 날리고 차들은 서행을 하고 있었다.

(이거 새 찬데 말야…)

어지간히 잊어버릴 만한 시간이 흘렀는데도 만복은 여전히 심기가 불편하기만 한 것이었다.

(마누라가 알면 또 뭐라 잔소리할 텐데 말야. 그것 참, 하나님도 너무하셔. 하나님 믿자마자 내가 뭘 그렇게 잘못했었다고 이런 시련을 주실까… 차마다 어디 깨끗하게 쓴 게 있었어? 아니면, 무슨 장사라도 잘돼? 뭐 인생이 맨날 이따위야?)

시간이 지나도록 온갖 부정적인 생각과 상대가 불분명한 적개심에 가득 찬 만복을 싣고서 차는 굼벵이 걸음으로 시카고 다운타운 쪽을 향해 서서히 움직이고 있었다.

(정말 하나님이 해도 너무하시지.)

길이 훤히 뚫려 있으면 홧김에 차를 빠르게 몰 것만 같은 심정의 만복이었지만 어쩔 수 없이 눈길에 차들이 서행하고 있는 바람에 짜증만 더해가고 있는 만복이 이제는 애꿎은 하나님만을 원망하고 있었고, 만복의 차는 평상시 같으면 20여 분밖에 걸리지 않는 거리를 1시간이나 지나서야 겨우 다운타운으로 들어서는 입구들이 있는 다리 밑 굴속에 들어서고 있었다.

그때였다.

터널 안 천장에 달려 있는 여러 조명등이 어둠을 밝히고 있는 것을 무심히 바라보며 가던 만복이

"아이고 하나님!"

갑자기 하나님을 찾으며 오열하기 시작하였다.

"하나님!…"

(만약, 그때 제 차의 진행 차선에 정차해 있는 차를 늦게 발견해 그대로 들이받았더라면, 차 속에 앉아 있던 그 착하게 생기고 예의 바른 청년은 어떻게 되었을까요? 필경 그보다 네 배쯤은 더 크고 짐을 잔뜩 실은 차가 60마일 속력으로 들이받았을 때 그 딱정벌레는 아마도 난간을 부수고 레이크 쇼어 드라이브 웨이로 떨어져 나갔거나 아니면 옆 차선으로 튕겨 나가 마침 지나고 있는 차라도 있었다면 애꿎은 그 차와 부딪히는 대형 참사를 일으키지 않았겠어요?)

만복은 뒤늦게 찾아온, 오늘 아침나절 찰나의 엄청난 그 순간이 그 정도의 사건으로 끝났음에 감사해야 한다는 깨우침이 갑자기 가슴을 치고 들어와 대성통곡을 하게 된 것이었다.

나 만복이 1972년 초 시카고에서 이민 짐을 푼 그 당시엔 동포들이 많지 않아 누군가는 한 3천 명 정도라고 말들을 했지만 '클락' 길에 있는 식품점에라도 들러야 동포들 얼굴을 볼 수 있었던 시절에, 미국 생활의 여러 가지 사정을 알기 위해서는 교회에 나가야만 이런저런 정보를 귀동냥으로나마 얻어들을 수 있어 집에서 가까운 한인 교회를 다니기 시작하다가 이제 얼추 미국 생활도 십수 년 자리를 잡아가고 친구들도 사귀어 이래저래 바쁜 삶을 살아가던 그해 가을 초입 어느 연휴 전날.

그날도 만복은 동포들도 많아져 이런저런 사회단체들이 생겨나고 그중 한 단체에 관계하면서 밤늦게까지 모임을 갖고 귀가하여 잠에서 깨어나질 못하고 있던 일요일 이른 아침이었다.

"여보!"

아내가 깨웠다.

"으응."

"애들이 당신 일어나기만을 기다리고 있어…"

"…왜?"

"내일 월요일 노동절 연휴 끼고 어제 저녁, 애들 교회에서 수양회 가는 날이었잖아."

"그런데?"

"…애들 기다리고 있어."

"아, 나 너무 피곤한데… 그것 참, 왜 저번 때처럼 교회 애들하고 같이 안 갔대?"

"아빠하고 같이 가고 싶어서 그랬나 봐. 나도 가고 싶고…"

"아, 참. 미치겠네…"

그렇게 피곤한 몸 추스르고 만복이 수양회가 열리는 인디애나 주까지 그날 두 시간을 달려 도착해 보니 주일 아침 예배는 진작에 끝났고 곧 있으면 점심 식사 시간이 될 즈음이었는데 아! 글쎄, 부흥 강사로 오신 목사님이 십여 년 전 만복과 함께 한 직장에서 일했던 동료였던 것이었다.

"김 형! 언제 목사님이 되셨어?"

"ㅎㅎㅎ 그렇게 됐어. 여기서 볼 줄 몰랐네…"

그렇게 그와 생각지 않게 해후를 하고 그날 서너 번 성경 공부로 모이고도 기어코 밤 예배까지 드리고 12시가 넘어 피곤한 몸을 이끌고 잠자리에 들게 되었는데 그 시각, 만복은 기적처럼 예수님을 영접하게 된 사건이 일어난 것이었다.

마악 불을 끄고 잠을 청하려던 그때, 흡사 영화 촬영 때 주인공을 향해 스포트라이트가 비추이듯 감고 있는 눈앞이 갑자기 환해지더니 세상에, 동서고금을 막론하고 지금까지 한 번도 본 적 없는 기막힌 미남 청년 하나가 나타나 자신을 엷게 미소 띤 얼굴로 바라보다가 슬로 모션으로 사라지고, 곧이어 험상궂게 생긴 거구의 장한이 나타나 자기를 바라보다 또 조금 전처럼 슬그머니 없어지고 또 다른 험상궂은 사내가 나타났다 사라지고 그러다 또 한 사내가 나타났다 사라지더니 곧이어 나무 한 그루 서 있지 않은 돌산이 나타나고 동양화 산수화에 있을 법한 회색빛이 자신이 보는 왼쪽 산 정상에서 엷은 빛을 비추기 시작하고 있는 것을 보게 된 것이었다.

그때 만복은 너무도 감격하여,

"여보! 나 지금 예수님 봤어."

아내에게 떨리는 음성으로 말했고,

"당신, 성령 입었나 보네!"

옆 침대에서 막내를 데리고 잠을 청하고 있던 아내가 화들짝 놀란 목소리로 말해주는 것이었다.

주후 2천 년이 다 되어가는 날, 그 시대 말고 주님 얼굴 본 사람이 있을 리 없으련만 만복이 환상 속 나타난 청년을 예수님이라고 확정적으로 말할 수 있었던 것은 그가 예수님이구나 하고 느꼈기 때문에 예수님일 수밖에 없어서인 것이었다.

그 일이 있고 난 이틀 후,

만복은 영업이 한가한 틈을 타 종업원에게 가게를 맡기고 같은 블록에서 옷 가게를 하는 친구에게 찾아가 수양회에서 있었던 얘기를 하게 되었는데,

"…그렇게 전도해도 반응이 없더니만, 너 이제 교회 열심히 다녀야겠다."

친구는 만복의 어깨를 감싸 안으며 그렇게 말해주는 것이 아닌가?

만복은 그날 가게 문 닫기가 바쁘게 기독서점에 들러 성경책 한 권을 샀다.

그동안, 어쩌다 가는 교회에서 입구에 비치된 성경책을 빌려 보았지 집에는 아이들 영어 성경책 말고는 한글 성경책이 없던 터라 그날부터, 친구는 '신약 성경부터 읽어라' 했지만, 자초지종을 알기 위해선 처음부터 읽어야 할 것 같았고 또 성경을 한번 읽지 않고서 믿음 생활을 하겠다는 자신도 서질 않아서 구입하게 된 것이었다.

그런 후, 그다음 해 부활절에 만복은 세례를 받고 기쁜 신앙 생활을 하게 되었는데 그해엔 주일이 어찌나 기다려지는지 만복은 누구 말처럼 예수쟁이가 되어 가고 있었다.

그러나 그날의 환상이 만복이 기독교인이 된 동기는 되었지만, 그렇다고 해서 만복이 신비주의에 빠진 신앙인이 된 것은 아니었다. 만복의 믿음이 깊어지자, 주님은 믿음 없는 자들에게 이런저런 모습으로 누구에게는 말씀으로 또 누구에게는 환상으로 또, 누구에게는 찬

송으로 은혜를 내려주신 것일 뿐, 세상에 이런 분이 계셨던가 싶을 정도로 그분은 진실로 사랑 그 자체이신 것이어서 경이스러울 뿐이었고 털어 대면 먼지뿐인 자기 같은 사람에게까지 찾아와 주신 그분을 알게 된 것이 정말 축복이라는 것, 그것이 믿어진 것이었다.

그러나, 근래에 와서 만복은 웬 미운 사람 하나와 교회에서 자주 마주치게 되어 나와 다름으로 이해하자 하면서도 믿음이 흔들리는 육신의 이끌림대로 사고하는 인본주의의 위태로운 지경에 와 있는 요즈음 믿음의 갈등 속에 있는 처지이기도 하였다.

그러다 오늘,

(아! 평생을 두고 후회하며 살 일을 그 정도에서 막아 주신 하나님! 나는 왜 그걸 미처 깨닫지 못하고 하루 종일 하나님을 원망하고 내 신세 한탄만 하고 있었던가? 내 믿음이 그렇게도 영글지 못했었으니… 오늘 일이 주의심 없는 나로 인해 일어난 일이었던 것을… 하고 회개가 쏟아진 것이었다. _왜 나는 나를 돌아보는 데 인색하고 왜 나는 나를 기준으로 두고만 생각했던 것일까? 나를 원인으로 문제를 풀어가면 되는 것을, 그게 복음인 것을… 하나님! 감사합니다. 하나님! 감사합니다. 하나님! 감사합니다.)

헤어 나올 수 없는 늪에 빠져 있었던 것만 같았던 만복이 이제 서서히 그 터널에서 빠져나오게 되자 만복의 젖은 두 눈에는 차량들의 헤드라이트 불빛에 탐스런 솜털 같은 눈송이들이 다시 보였고 그 눈들이 이젠 만복의 가슴속에서 활짝 눈꽃송이로 피어나고 있는 것이었다.

"할렐루야! 주님! 감사합니다, 감사합니다. 감사합니다."

만복은 자신의 곁에 성령님이 한결같이 함께하고 계심을 눈물로 감사하며 눈꽃송이 휘날리는 하늘 아래에서 쉼 없이

—나 같은 죄인 살리신 주 은혜 놀라워— 찬송을 부르며

밝게 불 밝히고 있을 따스한 집을 향해 기쁜 마음 되어 가고 있었다.

늘 푸른 아이의 하늘

"쯧쯧, 세상에……. 쯧쯧, …….어쩌다 이렇게 다치셨어요? 그래도 머리는 다치지 않아서 다행이네요. 누구한테 맞으신 건 아니시죠?"

환자의 상처 난 얼굴 이곳저곳을 살펴보며 동포 의사는 연신 혀를 차댔다.

"…."

여자는 하얀 종이 시트가 깔려 있는 진료 침대에 얼굴을 반듯이 천장을 향하여 누운 채 아무 말이 없었다.

"다른 데는 다치신 데 없으세요?"

의사가 다시 물었다.

"……, 이쪽 어깨하고 얼굴만……"

여자는 힘겹게 자신의 오른팔을 들어 왼쪽 어깨죽지를 지긋이 매만지며 며칠 굶은 사람처럼 힘없이 들릴락 말락 입을 떼었다.

40 중반 넘어 보이는, 핏기라곤 하나 없는 흰 살결에 겨울나무 쭉정이같이 마른 여자는 왼쪽 눈언저리가 까맣게 멍이 들어 있었고 자칫 잘못했으면 다치지 않은 크고 깊은 맑은 오른쪽 눈으로 보아 예쁜

좌측 눈이 실명이 될 뻔했을 정도로 그 정도가 심히 멍들어 있었다.

"에휴―, 이만하길 다행이지만, 부기가 가라앉고 정상 시력을 되찾으려면 시간이 좀 걸리겠네요……. 그러길래 높은 데 있는 무거운 물건을 꺼내려면 남편이나 큰아이들이 있으시다면 부탁을 하시던가 아니면 움직이지 않는 의자를 딛고 올라 일을 보셨어야 하는 건데……."

또다시 한숨을 길게 내리쉬던 의사는 고무장갑을 벗어 쓰레기통에 넣으며 잔뜩 주름진 얼굴로 다시 한번 쯧쯧 혀를 차며 안쓰러워하였다.

(…이건 내가 돈도 안 벌어다 주어 며칠씩 굶긴 것 마냥 점점 삐쩍 말라가면서 어디 제대로 된 일을 해보길 했나… 내가 괜히 마누라 말을 듣고 미국에 와서 말야 젠장, 고생은 사서 하고 있으니…….)

사내는 소주병을 들어 꿀꺽, 꿀꺽 소리가 나게 마시다 말고 내려놓더니 바로 또 앞에 놓인 빈 잔을 채우며 분통을 터트리고 있었다.

(오지를 말았던가 왔으면 이런저런 일 좀 깊이 생각하고 무슨 일이든지 시작을 잘했어야 하는 건데 말야…)

이젠 어영부영 놓쳐버린 기회에 사내는 그것이 억울하고 후회스럽기만 한 것이 오늘따라 마셔도 취해지지 않는, 잊으려야 잊히지 않는 과거지사가 발목을 잡아 그저 괴로울 뿐이었다.

저녁 7시면 아직 이른 시간이어서 그런지 주점 안엔 손님이라곤 그 말고 아무도 없었다.

"여보, 여보, 아줌마! 여기, 한 병 더 줘!"

사내가 술잔에 술을 따르려다 술이 채워지지 않자 눈 가까이 병 속을 들여다보더니 막말로 주방에 있는 여인을 불러댔다.

"오늘 뭐 좋지 않은 일 있었어요? 벌써 두 병째인데……."

초저녁부터 이 사람이 왜 이러나 싶어 여주인은 걱정스런 표정으로, 그러나 들어온 지 십 분도 안 돼 벌써 한 병을 마셔 버린 그에게 이게 두 병째라는 것을 상기시키고 있었고

"알고 있어, 안 떼먹어. 빈 병 세어 보면 알 것 아냐?! 요즘 되는 게 없어서 그래."

사내는 언제적 무쳐 놓은 것인지 차디차게 식어 버린 콩나물무침을 한입 가득 집어 먹고 나서 타악 소리가 나게 젓가락을 손가락으로 튕겨 테이블에 놓으며 여차하면 한바탕 난리라도 칠 것같이 성질이 사나워 보였다.

"……요즘 뭐 되는 게 있나요? 어서 이것 좀 드셔 보세요."

여주인이 주방에서 앞으로 내민 한 손엔 빈대떡 부침이 담긴 접시를 들고 한 손은 신참 미용사 솜씨였는지 아까부터 다글다글 볶아댄 자신의 머리를 자꾸만 손갈퀴로 펴대며 사내의 비위를 맞추려는지 시키지도 않은 안주를 서비스로 주며 너무 빨갛다 싶은 입술을 열며 말했다.

"……. 괜히 미국엔 왜 와 가지고, 내가 이 모양으로 변했는지 몰라……."

사내가 고맙다는 말 한마디 없이 앞에 놓인 빈대떡에 젓가락질을

하며 뜬금없이 혼잣말을 하였다.

그러자 사내가 앉은 테이블 맞은편에 서 있던 주인 여자가 사내의 말이 끝나자마자 기다렸다는 듯이 앞자리에 앉으며 사내의 말꼬리를 잡았다.

"한국에서 뭐 하시다 오셨는데요?"

"뭐 하다 왔냐고? 그건 아줌마가 알아서 뭐 해?"

사내가 눈을 한번 치켜뜨더니

"허허, 선생질 했지. 선생질……."

입술을 약간 비틀며 자조적인 어투로 말을 받았다.

"어디요? 대학교? 아니면…."

"고등학교!"

"뭘 가르쳤는데요?"

여주인은 초저녁에 손님도 없고 부엌일도 끝내 무료하던 차 슬슬 사내의 말속에 들어가며 그의 기분을 누그러뜨려 보려는 듯, —한국에서 뭘 했던 나와 무슨 상관이 있는가, 날라리 잡배인 줄 알았더만, 그래도 선생님이셨구만, 쯧쯧— 말썽을 피우지 말고 마시다 곱게만 가 주세요— 연신 말꼬리를 물어가며 사내의 비위를 맞추어 갔다.

"국어!"

사내가 도마 위에 올려진 무를 단칼에 자르듯 말을 딱, 끊더니 앞에 있던 소주병을 두 손으로 감싸 안고서 뚫어져라 그 병을 응시하기 시작했다.

술기운에 붉어진 눈은 더욱 충혈되어 가고 있었다.

(이럴 줄 알았으면 차라리 국어보단 영어를 전공했다면 이 미국 생활에 큰 도움이 되었을 것을 돈도 여유 있게 가져온 것 없이 이민 와서 아들아이 장래를 생각해 학군 좋다는 동네에 이 나라에서 쌓은 크레딧이 없어 그중 싼 집 하나 일시불로 사고 차 한 대 구입하고 나니 내 것으로 무엇을 할 수 있었던가?)

그런 일이 다시 생각켜져 사내는 마냥 자괴감에 빠져드는 것이었다.

사내는 서울에서 교사 임용 직후 같은 학교에서 음악 과목을 맡은 동료 교사를 아내로 맞아 아들아이 하나를 낳고 아이가 초등학교 졸업을 앞두고 미국으로 이민 오기 전까지만 해도 단란한 생활을 누렸었다.

그런데 친정 식구 모두 미국으로 이민들을 가서 혼자 떨어져 사는 게 외롭다는 아내의 성화에 못 이겨 계획도 없이 먼저 갔던 처형의 가족이민 초청으로 덜컥, 잘 다니던 학교에 내외 함께 사표를 내고 몇 년 전 동포들도 많이 산다는 미국의 도시 'C'시행 비행기에 오르게 된 것이 사내는 낯선 땅에 발 디딘 직후부터 자신의 선택이 후회스럽기만 하고 반면에 날이 가면 갈수록 아내가 미워져 견딜 수가 없는 것이었다.

미국에 오면 공항에 마중 나온 사람의 직업에 따라 이주한 사람의 운명이 결정된다 했었던가?

자신을 초청해 준 맏동서는 '바디숍'을 운영하고 있었다.

매일매일, 차체를 떼어내어 펴고 갈고 칠하고 닦고, 그러지 않아도 내성적인 성격에 직업에 귀천이 없다지만 적성을 따지기 이전 먼지와 소음 속에서 너무 힘이 드는데다, 용케들 한자리 잡은 소위 잘나가는 고교, 대학 동창들이 득시글한 모임에 자격지심이 들어 잘 참석질 않고 보니 이렇다 할 대화 친구도 없는 데다 이민자들은 여러 현지 정보를 얻기 위해 이민 초창기 믿음이 없어도 필히 교회를 나가게 된다지만 무슨 말인지 도통 상식적이지도 않은 데다 성경책 옆구리에 끼고 맨날 하나님 얘기를 하면서도 겪어 보니 말과 행동이 다르게 처신이 흐트러져 있는 사람들도 보게 되어, —예수님 의지하며 힘든 걸 이겨내자— 하던 맘도 쑥 들어가니 그 또한 먼 나라 남의 얘기같이 되어 버린 차에 주변머리 없는 사내는 속말을 나눌 상대도 없이 갈수록 말수가 적어지고 성격은 더욱 차갑게 식어 가기만 하였다.

그렇게 지내던 2년여 만에 도저히 바디숍 일이 버겁고 견딜 수가 없어 마침 자동차 수리를 맡기러 온 나이 엇비슷한 차주와 이런저런 얘기 끝 그가 소개시켜 준 동포가 운영하는 제법 규모가 큰 편의점 점원으로 직장을 옮기게 되었는데 알고 보니 그 가게가 있는 곳은 우범 지역이었다.

매일매일 손님이 들어오면 반가운 것이 아니라 긴장부터 되어 딴 짓을 하지 않나 살피게 되는 일상이지만 그럭저럭 인건비도 후한 데다 마땅히 직장을 옮길 만한 데도 없어 몇 년 버텨 갔는데 몇 달 전, 기어코 사단이 나고야 말았다.

그날, 용무가 급한 사내가 다른 종업원에게 잠시 다녀온다 말하고

서 화장실에 들어갔을 때 손님으로 와 있던 키가 구척 장신인 장한이 뒤따라 들어와서 두꺼비 같은 손에 검고 묵직해 보이는 총으로 사내의 머리를 총구로 짓누르며

"Don't Move!"(움직이지 마!)

쉰 목소리로 나지막이 말하더니 웃도리며 바지 등 주머니란 주머니는 다 뒤지고 심지어 손목에 차고 있던 아내의 결혼 예물 시계까지 강탈해 간 일이 있고 난 뒤부터 사내는 그동안 불만도 잘 소화시켜 가던 자제력이 점점 과격하고 신경질적으로 바뀌어 가더니 근래 들어 더욱 기승을 부리고 그럴 적마다 강도가 아니라 그 상대는 사사건건 언제나 아내가 표적이 되고 말았다.

"너 때문에 내가 여기 와 가지고 말이야!"

처음엔 살림 도구에 화풀이를 하기 시작하더니 급기야 이젠 툭하면 아내에게 하대하며 손찌검을 하기 시작한 것이었다.

그것은, 사실인지 아닌지는 모르지만 바디숍에서 일을 하고 있었을 때 세간의 속설에 먼지 속 일은 돼지고기가 좋다는 말이 있어 그때부터 일 끝난 뒤 인근 단란주점에서 마시는 술의 양이 점점 늘어났을 뿐만 아니라 이민 오기 전엔 생각지도 않았던 달라진 직업과 생활 환경에 쉽게 적응을 못 하고 예전엔 글줄께나 읽었던 포근한 정서마저 메말라 버린 자신을 돌이켜볼 여유도 없이 남의 탓으로만 돌리려 드는 서서히 시작된 그의 엇나간 사고의 모순 때문이겠건만 사내는 그걸 의식도 못 하고 있는 것인지 그의 무지막지한 행동은 그의 결혼 전

인격이 가식적이지 않았었나 의심스러울 정도로 남 탓하는 그 자신 스스로도 도저히 이해할 수 없게 된 행동들이 아무런 자책도 없이 저질러지고 있었고 손아귀에 쏙 들어가는 아이들 장난감 같은 총도 하나 구입해 주머니에 넣고 일하러 가질 않나, 사내는 아예 사려 깊은 생각 자체가 그의 의식 속에서 사라졌는지 그는 저돌적이고 불량하게 변하여 가고 있었다.

그렇게, 그런 사내의 이성을 잃은 작태로 인해 그리도 환한 복사꽃 같기만 하던 사내의 아내가 점점 스산한 가을의 코스모스같이 변하여만 간다는 비애의 연속성은 지금 무슨 수를 쓰지 않으면 오늘 당장이라도 이 부부의 가정은 걷잡을 수 없는 비극의 결말을 맞이할 수밖에 없는 막다른 골목에 들어선 사실로만 남아 있게 될 것 같이 위태롭기만 하였다.

어제만 하여도 사내는 직장에서 돌아오자마자, 언제나 사소한 일로 트집을 잡았듯 이번에는 설거지를 하지 않은 밥그릇이 개수대에 그대로 있다는 이유로 아내에게 'Hot Time'을 주었었다.

그러면 여전히 아내는

"나 때문에 당신이 미국 와서 이 고생하시니 내가 죽일 X이에요. 그러기에 지금 맞아 죽어도 할 말은 없지만, 여보! 그러니 우리 차라리 이혼을 해요. 그리고 당신 이런 사람 아니었잖아요. 제발, 커 가는 아이가 보는 앞에서만은 제발, 제발 이러지 말아 주세요. 네, 여보오…."

이제 고등학교 2학년 된 아들 앞에서 무엇이 그리 분한지 길길

158

이 날뛰는 사내의 바짓가랑이를 잡고서 아내는 또 같은 말을 반복해서 애소할 뿐이었다.

아내라 해서 왜 아니 경찰에 신고를 생각지 않았겠는가? 하지만, 고통을 침묵하며 반응하지 않는 것은 그랬다간 이 사람 앞날은 정말 폐인이 되어 살아갈 수밖에 없을 것 같아 이도 저도 못하는 아내의 변하지 않는 첫마음 때문인 것이었다.

그럴 때쯤, 자주는 아니지만, 매번 집 밖에서는 눈치채지 못할 이 가정 사내의 일방적인 숨죽인 폭력에 아들아이는 집에 있을 때엔 거실이나 부모 방에서 아빠의 우격다짐과 엄마의 애원조 소리가 들릴 때에는 제 방에서 지체 없이 달려와 둘의 사이를 가로막아 서서는

"아빠! 날 때리요. 날 때리요. 엄마 맞아 아파요…….'

아이가 차츰 어눌해져 가는 한국말로 제 엄마를 비호하고 나서는 것이었다.

"그 참, 알다가도 모를 녀석이야."

"네? 누가요?"

한동안 어금니만 물고서 술병만 지긋이 바라보던 사내의 느닷없는 혼잣말에 궁금증이 생긴 여주인의 물음에

"아, 아니, 아니야!…….'

—이 사람에게 내 가정사를 얘기할 순 없는 것 아닌가?— 사내가 당황하며 말을 더듬었다.

아이는, 매번 제 엄마로 인해 아빠의 뒤바뀐 화풀이 대상이 되어

서 그렇다고 몽둥이찜질을 당하는 것은 아니었지만 소년티를 벗어난 신체이면서도 부모 자식 간의 고국의 옛 유교사상과 본래의 인성이 그런 건지 사회의 정서가 몸에 배어 있어서인지 아빠에게 대들지 않고 몸뚱아리 여기저기를 몇 차례 두들겨 맞고서도 학교 선생님이나 반 친구들 또는 동네 사람들과 친척에게도 아무런 티를 내지 않고 그들을 마주칠 적마다 항상 밝은 얼굴이기만 한 것이 사내는 생각하면 할수록 녀석이 참으로 불가사의하고 혹시나 천치는 아닌지 일면 불안스럽기도 한 것이었다.

그 참 언제였더라, 한가한 어느 날 모처럼 거실에 마주 앉아서 아이의 학교생활에 대해서 이런저런 대화를 나눈 적이 있었는데

"아빠! 우리 학교 애들 Good 학교에서 공부 열심 하는 줄 알지? Drug 하는 애들도 많아. 얘기 들음 술도 마신대."

그때, 사내는 그 말을 듣고 나서 바짝 긴장하지 않을 수가 없었다.

"너는 절대 그런 애들 사귀고 어울리면 안 돼! 그땐, 너나 나나 우리 온 식구 인생 끝이야!"

사내가 그렇게 바로 언성을 높여 인상을 쓰며 겁을 주자

"아빠, 나 그런 거 안 해. 나 교회 다님서 우리 Class, 교회도 다니고 착한 애들하고만 친하게 지내."

아이가 정색을 하며 손사래를 쳤다.

그리고선 기다렸다는 듯이 넌지시 교회 얘기를 꺼내기 시작하는 것이었다.

"아빠! 엄마 나랑 교회 가게 해요. 아빠도 교회 가요. 다른 사람 안

보고 하나님만 봐요. 예수님 참 좋아요. Bright하고, Warm해요. 찬송하면 참 좋아요. 눈물 나요. 아빠! 밤에 Moonlight 있어 좋고, 어둔 길 Street Lamp 있어 길 찾아가잖아요… 엄마 교회서 피아노 치는 거 보고 싶어요. 나, 기다리고 있어요…….”

아이가 갑자기 촉촉해진 눈으로 아빠를 마주 보며 어려운 부탁을, 그러나 이 소원만은 꼭, 들어달라는 듯 낮으나 힘이 있는 목소리로 애절하게 말했었다.

그렇게, 사내는 이런저런 생각을 하다 아들아이가 들려주는 말에 학교 수업은 물론이요 신앙생활도 착실히 잘하고 있다는 사실에 갑자기 자신의 요즘 가장으로서의 처신에 아이를 대하기가 어려워졌다는 생각이 불쑥 들어 잠깐 저도 모르게 혼잣말을 곤혹스레 여주인 앞에서 뱉어 내고 만 것이었다. 생각해 보면 아내가 그 지경을 당하고서도 처갓집에 토설하지 않고 식구들이 나서서 법적 조치를 취하지 않는 것만 봐도 꼭, 아들아이의 사주 때문이 아니었나? 그 저의에 점점 커 가는 아들이 내심 의심스럽고 두려워지는 것이었다.

“아빠, 나 운전쯩 땄어!”

“……그래?!”

아내의 얼굴 상처도 이제 점점 아물어 가면서 왠지 요즘엔 술을 삼가는 날이 많아진 따스한 봄 어느 날.

사내가 퇴근하여 곧바로 귀가하자마자 아들 녀석이 아빠에게 제 생애 처음 소지하게 된 운전면허증을 들고서 싱글벙글 웃음꽃을 피워 대며 아빠를 맞이하였다.

(그러고 보니 아들이 벌써 열여섯 살이 되었었단 말인가?)

사내는 갑자기 아들에 대한 미안한 생각에 콧잔등이 시큰해지는 것을 애써 감추며 말썽 없이 학교생활도 잘하고 이렇게 대견스레 커 준 아들 앞에서 자신의 흐트러지는 마음가짐을 눈치채지 못하게 어 금니를 사려 물었다.

"아빠, 좋지?"

벌써 소년티를 벗어난 녀석이 애꿎게도 자신의 몰염치한 완력으 로 그리 혼나면서도

"아빠, 엄마 때리지 마요. 말로 해요. Please! 엄마 아파요. 예수님 서로 사랑해라 했어요. 못 참음 나 때려요. 나 때려요…."

하던 녀석이 이제 보니 코 밑에 보송보송 수염까지 나온 것이, 운 전을 할 수 있게 된 사실이 무엇이 그리 좋은 것인지 싱글벙글 웃고 있는 것에 사내는 자신의 심연 깊숙이에서 울컥 솟아오르는 무엇이 라 형용할 수 없이 젖어 오는 느낌에 시선을 어디에 둬야 할지 당황스 레하였다.

"……. 어디 보자."

사내가 아들의 시선을 피하며 슬그머니 손을 내밀었다.

"응, 여기."

아이가 들고 있던 운전면허증을 얼른 내보였다.

자그마한 사각진 사진 속에선 아이가 활짝 웃고 있었고 그 옆으로 면허증 번호, 그리고 아이의 이름과 생년월일이 기재되어 있었다.

사내는 자신도 가지고 있는 운전면허증이나 같은 아이의 증명서가 무어 새로울 것도 없어 금세 되돌려주려다 말고 주춤하였다.

왠지 시간을 좀 더 끌어 관심을 표하는 것이 오늘 성인식을 치른 것과 마찬가지일 아이에 대한 아비의 예의 같은 것이 지금 필요한 시간이라는 생각이 문득 사내를 사로잡았기 때문이었다.

사내는 심호흡을 하고 나서 다시 증명서 속의 기록들을 주—욱 훑어보았다.

키가 있었고 몸무게가 있었다.

그러다 그 옆에

"여기 있는 'Y'는 뭐니?"

사내는 무심코 물어보았다.

"어, 그거? 나 무슨 차 사고 나면, 나 하늘나라 가면, 내 거 몸 Donation 한다는 거야. 도네이션 한국말 뭐야? 나 죽음 나 소용없어. 내 몸 누구 줄 거야. 그거 'YES' 한 거야."

아이가 말하며 어린아이처럼 천진스레 싱글벙글 웃고 있었다.

"!……."

순간, 사내는 자신의 심장이 멎는 것만 같은 충격을 받았다.

아이의 커가는 과정에 애비로서 별 대화도 없었건만 아이는 벌써부터 앞으로 자신의 인생에 대한 확고한 신념이 인격적으로 갖추어져 있다는 사실이 확인된 지금, 서서 있었더라면 그러지 않아도 요즘 자주 현기증을 느끼는 자신의 신체 변화에 사내는 아마도 몸을 가누지 못하고 방바닥에 쓰러졌을 것이었다.

눈앞이 캄캄해지더니 어지럼증이 나며 자신이 지금 높은 빌딩에서 떨어지고 있다는 착각까지 드는 것이었다.

사내는 충격에 의해 정신을 잃지 않으려 눈을 부릅뜨고서 앞에 놓여 있는 티 테이블 가장자리를 양손으로 꽉, 거머쥐었다.

그동안 잊고 있었던 엄청난 이 몸 떨리는 감동은 자신이 저지른 그간의 행동에 대한 미안함과 부끄러움이 이렇게 현기증 같은 전율을 동반하고 오는 것인지 사내는 정말 알 수가 없었다.

그러면서 ―나는, 나는, ― 사내는 한없이 작아지는 자신을 자각했고 앞에 앉아 있는 아들아이가 지금은 자신의 아비인 듯하다는 착각이 들기도 하였다.

존경받아야 할 웃어른에게 지금 자신은 어떻게 예의를 표해야 되는 건지 당황스럽기까지 한 것이었다.

사내는, 아버지의 권위가 허물어지는 것을 보여 주게 될까 봐 의식적으로 정신을 수습하려 안간힘을 다하였다. 속에서 뜨거운 것이 자꾸만 치밀어 올라 흩어지려는 자세를 추스려야 하겠는데 갈수록 자력으로는 감내할 수가 없어서였다.

"허―억―"

그러다 사내는 서서히 무너지기 시작하였다.

이민 와서 지금까지 자신의 처지가 자신을 아는 이들이 보기에 낙오자로 보여지지 않을까 하는 자격지심에서 오는 불만과 그에 따른 피해의식 속에서 힘과 우격다짐으로 만만한 아내와 아이를 상대로만 화풀이를 했던 사내의 비열한 위상이 드디어 아이 앞에서 허물어지기 시작한 것이었다.

이제 뚝이 무너지고 물더미가 쏟아져 내리기 시작하였다.

아이는, 조금 전까지만 해도 도저히 넘어갈 수 없는 벽 같은 두껍고 견고하게만 느껴졌던 아빠의 갑작스레 흐트러져 가는 행동에 영문을 몰라 눈이 휘둥그래져 상황 판단을 못 하고 어리둥절해 있건만 사내는 다 큰 아이의 얼굴을 자신의 얼굴 앞으로 가깝게 끌어당겨 수없이 입을 맞추고 볼을 비벼 대고 있었다.

이제서야 그동안 육신의 욕망에만 갇혀 있었던 사내의 어둠이 분별력 있게 그동안 관심조차 갖지 않았었던 착한 마음을 지닌 아들의, 참으로 밤하늘 밝히는 별빛 같은 성정으로 인해 그를 덧씌우고 있던 어둠의 꺼풀이 벗겨지고 있는 순간인 것이었다.

예전의 냉철하고 따뜻하기만 했던 사내의 이성과 심성은 그동안 어디에 갔다가 이리도 더디게 돌아왔는지 참으로 모를 일이었다.

"여보! 여보!"

사내는 숨이 넘어갈 듯 아내를 불러 댔다.

"네—에—"

무슨 병인지, 이민 와서부터 차츰차츰 남편 그림자만 마주해도 심장이 두근대 남편이 귀가하면 그의 앞날을 장애물로 장벽 친 당사자 신분으로 자책하며 방 한켠 모서리에서 숨을 죽이고 있던 아내였는데 드디어 남편이 숨 넘어갈 듯 자신을 불러 대자 이젠 완전히 포기한 상태에서 —기어코 이제 또 시작이구나— 뛸 수도 없고 그렇다고 걸을 수도 없는 종종걸음으로 다가와 사내의 옆에 와 섰다.

"……. 이리 앉아요."

아내가 곁으로 다가오자 사내는 눈물로 범벅이 된 얼굴을 닦을 생각도 없이 아내를 바로 쳐다보지도 못한 채 예전처럼 존댓말을 했다.

(어머? 이이가, 이이가 울고 있잖아! 이이가 울어? 왜?……)

아내는 뜻밖의 상황에 경악하며 이 분위기에 어떻게 대처해야 좋을지 어쩔 줄 몰라 했다.

"여보! 슬펐지?……. 그…동안… 미안……."

사내는 이 시간 어떻게 이 두 사람에게 용서를 구해야 좋을는지, 그간의 몰지각하게 가부장적인 못난 권위의 완력으로 저질렀던 자신의 부끄러웠던 행동에 대해 잘못했다는 말도 제대로 이어 가지 못하고 있었다.

그제서야 얼핏 상황 판단을 한 아이가 제 엄마를 와락 끌어안으며 아빠처럼 울기를 시작했고 아내도, 남편과 아들 둘 사이에 무슨 일이 있었는지 잘은 모르겠지만 자신을 부둥켜안고 우는 아들을 함께 감싸 안으며 통곡을 하기 시작하였다.

아내의 이 눈물은 자신을 꼭 끌어안은 남편의 손아귀 힘이 그동안 자신의 몸에 날아오던 그 완력의 힘과 천양지차라는 그 다름을 느꼈기 때문이었다.

(내가 미쳤었어. 직업에 귀천이 있다던가? 다른 사람과 나를 비교하며 열등감에 갇혀 있을 필요가 없었잖아. 그들은 그, 나는 나. 형편에 따라 무슨 일이고 간에 일을 한다는 것은 아름다운 것, 무슨 일을 하던 도덕적이거나 윤리적으로 나는 올바르고 성실하게 부끄러움이

없는 삶을 살아가면 되는 것 아냐? 부모 형제와 이웃해 살고 싶다는 아내의 바람이 무슨 잘못이야? 그리고 그땐 또 내가 동조했었잖아! … 음악의 선율처럼 아름답고 선하게만 살아온 내 사람을 그간 왜 나는 그토록 학대를 했고, 이 착한 내 아들을 앞으로 어찌 바로 볼 수 있단 말이야? 무엇이 소중한지를 그간 나는 잊고 살았었어……. 여보! 아들 아! 날 용서해 줘. 그래도 하나님! ……. 늦지 않게, 더 늦지 않게……. 감사합니다. 감사합니다…….)

사내는, 언제적 불러보았는지 그간에 잊고 있었던 하나님을 찾으 며

"―어―형―"

쏟아지는 눈물을 참아내지 못하고 있었다.

그렇게, 그날

사내는 아이의 온전한 사랑으로 인해 그를 덮씌우고 있었던 회색 빛 그늘에서 벗어나고 있었고 서로들 함께 꼭 껴안은 아빠와 엄마와 아들 이 세 식구의 통곡은 밤을 새워도 쉬이 멈출 것 같지가 않았다.

그 시각,

귀하시고 선한 하나님이 주신 은혜의 선물 꾸러미인 이 가정에서 울고 있지 않고 있는 것은,

아빠의 손에 쥐어진 사각진 운전면허증 사진 속 아들아이의

'늘 푸른 하늘'같이 맑고 밝은 얼굴뿐이었다.

빛을 찾아 가는 길

　마이크 김은 'AB' 약대를 나와 시카고 시내에 있는 'CD' 병원 약제실에 근무하는 준수한 용모의 서른 마~악, 넘은 청년이고 멜로디 정은 교육학을 전공하고 도시 인근 'EF' 타운에 소재한 'GH' 초등학교에서 3학년 담임을 맡아 근무하고 있는 살구꽃처럼 예쁘고 상큼한 서른을 바라보는 선생님이다.

　그들 둘은 교회에서, 마이크가 하이스쿨 때, 멜로디는 주니어 하이 때부터 오누이처럼 지내다 성년이 되어 가며 차차 이성의 눈이 싹터 지금은 부부의 연을 맺으려는 서로 간의 약속이 이루어져 있는 사이였다.

　마이크네 집은 네 식구로서 환갑을 넘긴 아버지와 동갑내기 어머니는 사람들의 왕래가 잦은 사거리 코너에서 본인 소유 건물에 규모가 큰 편의점을 운영하고 있었으나 아버지는 명목상 사장님일 뿐, 사업 전반에 걸쳐 수완을 보이고 있는 물불 가리지 않는 성격의 어머니 순자 씨, 그리고 하나 있는 여동생 수잔은 언제 졸업하려는지 벌써 수

년째 시내에 있는 대학을 다니고 있었다.

그에 비해서 멜로디네 집은 식구가 단출하였다.

몇 해 전 남편과 사별하고 홀로 된 마이크 엄마와 비슷한 연배인 멜로디 어머니 정희 씨는 멜로디 하나만을 금쪽같이 키우며 동포가 운영 중인 일식집 주방에서 일하면서 어쩌다 한 번씩 예배에 참석하고 있었다.

"저…, 결혼했으면 하는데요…."

어느 주일 저녁, 모처럼 온 가족이 식탁에 둘러앉아 있을 때 마이크가 부모의 얼굴을 바로 쳐다보지도 않은 채 얼굴을 발갛게 물들이며 어렵사리 말문을 열었다.

"…"

느닷없는 마이크의 말에 아버지가 수저에 밥을 가득 담아 입안에 넣으려다 말고 눈을 크게 떴고

"뭐? 결혼? 너 누구 있구나! 누구니?"

어머니 순자 씨가 마땅히 먹을 만한 것을 집으려고 김치 조각을 뒤적이다 화들짝 놀라 젓가락 움직임을 멈추더니 아들의 얼굴을 뚫어져라 쳐다보았다.

"오빠! 누구야? 나도 아는 여자야?"

여동생 수잔도 호들갑을 떨며 한마디 거들었다.

그러잖아도 순자 씨는 장성한 아들 어디 마땅한 혼처가 있지 않을까 하여 노심초사하고 있었는데 이제서야 당사자 입에서 혼인 말이

나왔으니 깜짝 놀라지 않을 수가 없었다.

"…멜로디 아시죠? 멜로디 정….”

"멜로디 정? …우리 교회 나오는 걔 말이냐?”

"네.”

"안 돼!”

딱히 부모님이 믿음이 좋아서라기보다는 이민 초기 교회에 가야만 동포들 얼굴도 보고 또 생활 정보도 얻을 수 있어서 다니기 시작한 신앙생활이었지만 현재도 같은 교회에 다니기 때문에 두 분께서 모르실 리가 없고 해서 마이크는 그동안 둘의 관계를 속이고 있었던 것만 같은 죄책감도 들어 부끄럽게 생각하며 고개를 식탁 밑으로 떨구고 있었는데 순자 씨는 대뜸, 일언지하에 반대 의사를 마치 그동안 깊이 다짐이나 하고 계셨던 것처럼 차갑게 토해 내시는 것이었다.

"?"

마이크는 상대가 멜로디라면 어머니가 기뻐하실 줄만 알았는데 누구라고 말하자마자 거절의 말을 듣게 되어 잠시 어리둥절히 어머니의 얼굴을 쳐다보기만 할 뿐이었다.

"그앤 안 돼!”

순자 씨가 재차 못을 박았다.

"…왜요, 엄마?”

"걔넨 너무 가난해!”

"네?"

"넌 왜 하필이면 그 애냐? 말도 안 되게… 난, 너희들이 그냥 한 교

인으로서만 지내는 줄 알았지 그런 사인 줄은 꿈에도 몰랐구나. 너 생
각해 봐라. 너 이만큼 훤칠하게 잘생겼겠다, 이름 있는 대학 나와 좋
은 직장 다니고 있겠다, 얼마든지 네 수준에 맞는 색시 만나 결혼할
수 있는데 왜 하필이면 그 애란 말이냐? 걔는 식당 주방에서 일하는
빼빼마른 지 엄마하고 단둘이서 어렵게 사는 애잖아! 그 애 애비는 몇
년 전인가 병들어 죽었고… 너 그 애랑 결혼해서 어쩔래? 그앤 돈이
없어서 그 잘난 2류 대학 그것도 아르바이트인지 알바인지 하느라 6
년 만에 졸업하고서 이제 겨우 국민학교 선생 짭 잡았다면서? …얼굴
이 조금 반반하면 뭐 하니? 실속이 있어야지. 네 아버지랑 나도 한국
에서 이름 대면 알 만한 대학 나온 수재에다 인텔리 집안이야. 그리고
결혼은 수준이 맞는 사람끼리 하는 거란 말이야, 이 철부지야! 너 결
혼하고 나서 오갈 데 없는 걔 엄만 어떡할래? 네가 데리고 살 거냐?
아니, 그 여자도 먹여 살릴 거니? 아, 데릴사위로 들어가겠단 말이야?
네가 뭐가 부족해서? 안 돼! 걔하고는. 금방 먹은 밥알이 곤두서서 김
밥이 아니라 내 옆구리가 터지게 생겼네…."

순자 씨는 아들이 영악지 못하고 철딱서니 없게 보여 연신 자신의
가슴을 두드리며 답답해하였다.

"아니, 멜로디가 가난해서 안 된단 말씀이에요?"

핏기 하나 없는 얼굴이 된 마이크가 재차 반대하는 이유가 무엇인
지 확인하려는 듯 엄마의 얼굴을 뚫어져라 쳐다보며 물었다.

"그래, 이 녀석아. 걔 얼굴 좀 반반한 것에 네가 홀렸나 본데, 너 정
도면 한국 가면 인물 좋은 영화배우들도 줄을 서겠다. …정신 나간 녀

석. 세상살이엔 돈이 있어야 돼. 알아! 이 세상엔 돈이 없고선 다 소용이 없는 거야… 너 걔랑 결혼했다간 나중에 후회막심할 거다. 명약관화, 불 보듯 뻔하단 말이야. 안 돼, 걔랑은… 두 번 다시 그 애 얘기 꺼내지도 마, 알았어?"

순자 씨가 눈에 쌍심지를 돋우고 입안에 든 밥알이 밥상 위로 튕겨 나가는 것도 아랑곳없이 핏대를 세우고 있었다.

"저는 제가 멜로디하고 결혼한다면 엄마가 제일 좋아하실 줄 알았는데… 교회에서 마주칠 적마다 엄마가 멜로디한테 자상하셨고 —누가 널 데려갈지 네 신랑 될 총각은 복이 터졌구나. — 그러시고 하셨잖아요?"

"교회에서 그럼, 그런 공치사도 못하니? 그 아일 내 며느리로 들일 생각 추호도 없으니 그런 줄 알아. 말 끝내."

순자 씨는 고개를 절레절레 흔들더니 들고 있던 젓가락으로 다시 김치를 헤집기 시작하였다.

"아버지…"

그때까지 아무 말씀이 없으신 아버지를 바라보며 마이크는 구원을 요청하는 간절한 표정으로 아버지를 불러 보았으나

"네 엄마 말대로 해…"

아버지는 다시 수저에 가득 밥을 담으며 무덤덤한 표정으로 짧게 말할 따름이었다.

"……"

행여 아버지는 자신의 뜻에 어느 정도 공감해 주시리라 믿었건만

그게 허사가 되자 마이크는 슬그머니 일어서고 말았다.

(생각지도 못했어 이럴 줄은… 오히려 좋아하실 줄 알았는데… 가난해서 안 된다니? 이런 어처구니없는 일이 어디 있어? …멜로디한테 뭐라고 얘길 해야 되지? 으—응?…)

당황스러움과 허탈한 심사에 마이크의 걱정이 어깨를 짓누르고 있는데

"밥 먹다 말고 어디 가니?"

곤혹스러워하는 마이크를 향해 순자 씨의 고함이 떨어졌다.

마이크는 태어나서 지금까지 부모님의 말씀을 거역해 본 적이 없는 효심 지극한 아들이었다.

마이크가 초등학교 마치고 미국으로 전 가족 이민 와 살 때에도 처음엔 말도 통하지 않는 학교에 가기가 어린 마음에 싫었을 때에도 마이크는 부모님이 자기 때문에 걱정을 하실까 봐 자신의 속마음을 잘 나타내지 않고 고분고분 참아내며 이국 생활에 적응해 나갔고, 커가면서는 틈이 나는 대로 한국에서의 직업과는 전혀 다른 분야인 장사를 하게 되신 부모님 사업체에 나가 카운터 일도 거들어주며 타국 땅에서 고생하시는 부모님을 도와주던 속 한번 썩히지 않은 착한 아들이었다.

장래의 진로도 부모님이 정해준 대로 당시 집안 경제사정으로 인해 그나마 약학을 전공하게 되었고 단 한 번이라도 오늘까지 부모의 뜻에 순종치 않았던 적이 없었던 마이크이기만 하였다.

하지만 마이크는, 부모님께서 운영하던 이런저런 업체를 사고팔아 사업체 규모를 늘려가면서 네 식구 살기엔 과분한 큰 저택에서 살며 오늘날엔 규모가 큰 편의점을 운영하시는 부모님 덕에 자신이 별다른 어려움 없이 이만큼 성장했음을 늘 감사하게 생각하며 살아왔었으나 이번만은 경우가 다르다고 생각하였다.

부모님 보시기에 멜로디가 무슨 불치의 병을 앓고 있다든가 학벌이 없다든가 심성이 곱지 못하다든가 아니면 못나게 생겼다든가 또 아니면 형제 중에 못된 망나니가 있다든가 하는 구체적인 이유가 아니라 이것도 이유가 될 수 있는 것인지 단지, 멜로디가 홀어머니에 가난하게 살고 있어서라는데 마이크는 도무지 자기 부모님의 심사가 이해가 되지 않는 것이었다.

둘이 직장이 있고 아니, 자기 혼자 벌어서도 충분히 결혼해서 윤택한 생활을 유지해 나갈 수 있을 터인데 돈이 얼마나 더 있어야 되는지 알 수 없는 일이고 이젠 어느 길로 들어서야 사랑하는 사람과 함께 복된 길로 걸어갈 수 있게 될 것인지 마이크는 이층 자기 침실에서 생각지 못했던 암울한 혼란 속에 갈피를 잡지 못하고 있었다.

(어떻게 해야지… 이걸 어떻게 해야 해…)

어두워져 오는 마이크의 마음속, 죽어서라도 잊을 수 없을 멜로디가 눈물을 흘리며 저만치 도망만 가고 있었다.

"…그래서 지금 미칠 것만 같아… 막무가내셔…어떻게 해야 되니 우린?…"

"절대 안 된대? 나도 전혀 생각지 못했던 일이야. …어떻게 그러실 수 있어? 돈이 얼마나 있어야 되는 건데 마이크. 으—웅?"

멜로디가 마이크를 절망적인 표정으로 바라보며 묻고 있었다.

"나도 답답해 죽겠어. 그게 왜 지금 우리 둘 사이에 걸림돌이 되는 건지…"

마이크가 허리를 잔뜩 구부려 커피잔을 만지작거리며 한숨만을 몰아쉬었다.

그 시각, 시카고 북쪽 브린마 길 커피 전문점엔 시간이 일러서인지 손님은 아직 그 둘뿐이었고 어쩌자고 아슴프레 켜져 있는 조명 빛에 묻혀 마침 들려오는 ─I Went to Your Wedding─ 팝송 선율은 허물어진 그들의 가슴속에 젖어들며 퇴근 후 사랑하는 사람의 만남에 희소식을 기대했던 멜로디의 마음을 이별의 정점인 죽음까지 생각을 몰아가고 있었다.

"한국 드라마에서나 본 스토리들이 지금 우리한테 실제 일어나고 있단 말이야? 여긴, 미국이야. 드라마 줄거리나 그런 거지… 우리 둘이 사랑하고 그래서 결혼하겠다는데 그게 왜 안 된단 말이야? 돈이 아무리 많아도 삼시 세끼만 먹는 거지 돈 많다고 네 끼 다섯 끼 먹어야 자신의 몸이나 학대하고 이 지구상 어느 한 사람은 제 몫을 뺏겨 굶게 된다는 걸 왜 모르실까? 그게 자연의 이치 아냐? 엄마하고 단둘이 사는 내가 가난하다 하지만, 우리가 빚이 있고 굶고 사는 게 아니잖아? 엄마도 일하시고, 나도 직업이 있고… 왜? 마이크 부모님은 우리가 결혼하고 나서 내 엄마 우리가 부양하게 될까 봐 그게 걱정돼서 그러시는 거야? 나도 정말이지 혼자되실 엄마 생각하면 결혼할 마음 썩 내키지는 않아. 하지만 마이크! 우린 어디 여행이라도 가면 따로 떠나 목적지에서 합류하는 그런 사이 아니잖아. 엄마가 그러셨어. 나 결혼시키고 나서 우리들 신세 절대 안 지고 아직 젊으시니까 일하시면서 혼자 충분히 살아가실 수 있다고 말야. 나중에 연세 더 드시면 노인 아파트 가셔서 사시겠다고 하셨어. 그게 내 엄마의 숙명이고 바람이라고 하셨어. 절대 우리한테 누가 되지 않게 처신하시며 살겠다고 단단히 결심하고 계신단 말야."

"누가 지금 당신 엄마 얘기하고 있는 거야? 우리 엄마 얘기하고 있는 거지…"

"돈이 좀 여유롭지 못한 거 그게 왜 우리 결혼에 방해가 돼? 나는 그게 통 이해가 안 되네… 우리 둘이 열심히 벌어서 사이좋게 건강히 행복하게 잘 살면 되는 것 아냐?"

"누가 그걸 몰라서 그래? 어찌 됐건 니들 결혼 절대로 안 된다고 오늘 아침에도 버럭 역정을 내신걸."

"기가 막혀, 그럼 마이크! 우린 인제 어떻게 해야 돼?"

"아참, 우리 좀 더 시간을 두고 설득해 보기로 하고 인제 집에 가 봐. 내가 깜박 잊고 있었는데, 멜로디 집에 가서 멜로디 엄마와 얘기 좀 해야겠다고 아침에 엄마가 그러시던데…"

"뭐? 엄마 일 나가시고 안 계실 텐데. 언제, 일 끝나고 한밤중에?"

"모르겠어, 어서 먼저 가봐 난 좀 더 앉아 있다 일어설게… 다 잘될

176

거야, 멜로디야, 힘내!…"

"……."

멜로디가 주섬주섬 코트와 핸드백을 챙겨 들고 밖으로 나오자 늦겨울 바람이 세차게 불어대고 있었다.

신문지 낱장과 비닐봉지들이 연처럼 나르고 앙상한 가로수 가지들은 심하게 몸부림치고 있었다.

그때, 빈 깡통 하나가 요란스레 굴러와 자동차 문을 여는 멜로디의 발 앞까지 굴러 왔다가 또 떼구르르— 차도로 굴러갔다.

멜로디는 시동을 걸며 잠깐, 그 깡통이 어디만큼 가나 보았다.

북행하는 차 한 대가 마—악 달려오고 있었고 깡통은 그리로 힘차게 구르고 있었다.

자동차 바퀴에 저것이 그대로 짓이겨질 것인가 아니면, 저 깡통은 바퀴를 피해 또다시 구를 것인가?

그것을 보는 멜로디의 마음이 갑자기 조마조마해져 왔다.

그러자 바로 '쭈—악—'

진짜 그러길 원했던 건 아닐 텐데도 멜로디의 전신에 소름이 훑으며 지나갔다.

(……. 포기해야 하나 봐…….)

멜로디는 천천히 주차장을 벗어나며 생각하였다.

"멜로디 엄마도 좀 생각해 봐요. 우리 마이크, 한국 나가면 색싯감

들이 아마 끝도 안 보이게 줄을 설 거예요. 여기서도 마이크와 혼사 맺자고, 멜로디 엄마도 신문 기사 봐서 잘 알겠지만 그만그만한 이 도시 유지들 얼마나 많아요. 결혼은 당사자뿐만이 아니라 집안과 집안끼리라는 말도 있잖아요! 피차에 격이 맞아야 한단 말이에요. 딴맘 먹지 말라고 멜로디한테 말해서 You가 단속 좀 잘하세요."

"…저는… 그런 생각하시고 계신 줄 상상도 못 해봤어요. 뜻이 정히 그러시다면, 제가 일 끝나고 집에 가서 멜로디에게 잘 말해 두겠어요. 저희는 그런 줄도 모르고 혼수 준비를 서두르고 있었네요…"

"혼수는 무슨, 언감생심 말만 해두는 것이 아니니 아예 이제부터 우리 마이클 만나지 말게 해줘야 되는 거예요! 될 수 있는 대로 우리 교회 말고 딴 교회로 옮기고 어디 먼 데로 이사를 가든가, 필요하다면 이사 비용도 대줄 수 있으니까… 아무튼 절대 마이클 만나지 말게 하라는 거예요. 알아들었어요?"

저녁 시간이 되어 손님들이 들어설 시간이건만, 순자 씨는 바쁜 정희 씨를 놓아줄 줄 모른 채 구석진 곳에 있는 식탁으로 불러내어 반협박성 당부를 재삼재사하고 있는 것이었다.

정희 씨는 마이크 엄마가 약속도 없이 일하는 곳까지 찾아와 얘길 좀 하자고 해—아이고 혼수가 뭐 그리 바쁘셔서 예까지 찾아오셨을까? 창졸간에 얼마나 황송하고 기뻤는지 몰랐다.

그런데, 테 굵은 금테 안경을 낀 마이크 엄마의 눈이 예사 눈빛이 아니어서 순간, 얼마나 당혹스러웠는지 정희 씨는 오금이 저려오다 못해 그냥 그 자리에 주저앉고만 싶었는데 이제는 슬며시 분노가 치

178

밀어 오르고 있었다.

그렇다고 어떻게 이곳에서 말싸움인들 할 수 있겠는가? 정희 씨
는 상대의 말에 수긍의 자세를 보여주며 어서 이 대면을 끝내고 싶은
마음뿐이었다.

(멜로디는 오늘 마이크를 만난다 했는데 얼마나 충격이 클까…)

설움이 급작스레 쓰나미처럼 밀려왔으나 정희 씨는 이를 악물고
참아내고 있었다.

이제 하나둘 식사하러 들어오는 손님들로 하여 정희 씨는 주인의
눈총에 몸 둘 바를 몰라하는데 순자 씨는 이에 아랑곳하지 않고 당장
에 끝을 보겠다는 태도였다.

"You! 돈 많아요? 우리 마이크한테 집 한 채 사주고 럭셔리 차 한
대 뽑아주고 할 수 있어요? 난 우리 애가 버그가 꼬물거리는 더러운
아파트에서 살림 시작하는 거 내 눈에 흙이 들어가기 전에 그렇게는
결혼 안 시켜. 조심하세요. 그럼 바쁜 것 같으니 그런 줄 알고 이만 가
보겠어요."

"네."

'네'라니, 정희 씨는 자신이 얼떨결에 내뱉은 말에 자괴감이 들어
잠시 몸서리를 쳤다.

세상에 이런 경멸이 없었다.

조금 전에 들어와 옆 테이블에 자리 잡은 동포 아줌마 셋이 순자
씨의 마지막 말을 듣고 서로들 얼굴을 마주 대고 수군거리더니 그중
하나가 쯧쯧, 혀를 차댔다.

"그래서 엄마는 뭐랬어요?"

"남편 없고 돈 없는 사람이 뭐라고 했겠니… 아무 말도 못 하고 그저, 널 인제 마이크 못 만나게 하겠다고 약속을 하고 말았지."

"세상에……."

세상에, 정희 씨가 귀가하고 나서도 늦도록 잠자리에 들지 못하고 있는 이들 모녀는 그동안 몇 번이나 세상에, 이 말만을 되뇌었는지 몰랐다.

세상에, 어느 곳에서든 마주칠 적마다 돈을 많이 벌었다고 착용한 패물이며 옷차림이 요란하긴 했지만 그래도 만날 적마다 곰상하게 대해주던 마이크 엄마의 밝음에 이런 엄청난 어둠이 그녀의 속에 드리워져 있었다니, 생각만 해도 거짓말 같은 것이 꼭 남의 얘기를 듣고 있었던 것만 같았다.

까짓것, 이왕에 깨진 혼담, 왜 한 번만이라도 이 설움 속 시원히 풀어 맞상대를 해주지 못했었던가 정희 씨는 지금에 와서 그것이 분하고 속이 상해 가슴이 미어지기만 하였다.

그렇다고 자신보다 더 고통스러워하고 있을 딸내미 앞에서 원통한 눈물방울 보일 수가 없어서 정희 씨는 애꿎게도 카펫 위를 훑어서 먼지들을 모아 그것들을 주워 버리고, 또 쓸어 모으고 하는 동작만을 반복하고 있을 뿐이었다.

멜로디 역시, 소녀 적부터 지금까지 십여 년간 오누이처럼 정이 들 대로 든 마이크와 이제는 헤어져야만 되는가?라는 생각에 눈앞이 캄캄해져 할 말을 이어가지 못하고 있기는 엄마와 마찬가지이기만 하였다.

(불쌍하신 우리 엄마. 내가 교사 임용도 받았으니 그닥 여유스럽지는 않다 해도 이젠 편히 쉬시게 해야 하는데… 차라리 잘됐어. 결혼 안 하고 엄마하고 끝까지 같이 살지 뭐. 요즘엔 남자나 여자나 미혼으로 사는 게 추세인데…) 하고 캄캄한 산중에서 길을 잃고 헤매다 이젠 빛 바라기를 포기해 버린 현실에 지친 멜로디였지만

"엄마, 나 어떻게…"

정희 씨의 앙상한 가슴에 얼굴을 파묻으며 기어이 무너지고 말았다.

"멜로디야—"

정희 씨도 이젠 도저히 참을 수가 없었다. 어쩌자고 멜로디 아빠는 우리 모녀만 여기 남겨두고 그리 일찍 하늘나라로 떠났는지 남편이 새삼 원망스럽기만 하였고 나 혼자 과부되어 이 설움 겪고 있어야만 하는 것인지 하루 종일 참고 있던 봇물이 속절없이 터지고 마는 정희 씨인 것이었다.

예전 같으면 교회에 갔다가 예배가 끝난 후 마이크와 둘이서 살짝 빠져나와 데이트를 즐겼을 만큼 화창한 주일 초봄의 날씨였지만, 멜로디는 두문불출하고 집에만 틀어박혀 있었다. 정희 씨도 가능한 한 주일을 섬기려 했지만 그날도 예약 손님들로 인해 식당으로 일하러 나가시고 안 계시는 점심나절쯤이었다.

"딩—동—"

누군가 멜로디네 아파트 호실 벨을 눌렀다.

순간,

(마이크?)

불현듯 기대감이 밀쳐 올랐지만, 멜로디는 침대에 누운 채 일어나질 않았다.

"딩—동—딩—동—"

얼마 후 벨이 다시금 울렸다.

이제 멜로디는 자리에서 일어나지 않을 수가 없었다. 주문도 하지 않은 택배나 주일날 우체부가 올 일도 없을 거고 거의 한 달째 마주치지 않으려고 노력했던 미칠 듯이 보고 싶은 사람, 그 사람이 지금 문밖에서 초조히 문이 열리기만을 고대하고 있을 것만 같았다.

"…누구세요?"

멜로디가 벽에 설치된 인터폰에 대고 묻자

"마이크…"

역시 그였다.

한시도 잊었던 사람이 아니었고 잊어버린 목소리도 아니었다.

(그냥 돌아가라고 그럴까?)

멜로디는 독하게 마음을 사려 먹었지만 무의식적으로 내밀어진 손가락은 기어이 벨을 누르고 있었다.

어쩌면 두 계단 이상씩 밟고 3층까지 올라왔지 싶게 마이크는 숨을 몰아쉬며 방 안으로 들어섰다.

그가 성큼 들어서자 송골송골 얼굴에 맺힌 땀방울에 섞여 그리도 그리워하던 그의 냄새가 방 안 가득히 고여 났다.

멜로디는 몸을 돌려 창가에 가 섰다.

마이크가 털썩 주저앉는지 소파가 삐걱거리는 소리가 그녀의 등 뒤에서 나고 있었다.

그 둘은 그 자세대로 한동안 말들이 없었다.

"멜로디! 이리 와 옆에 앉아봐."

얼마의 시간이 지난 후 마이크가 먼저 침묵을 깼다.

멜로디가 그제서야 몸을 돌려 마이크를 보았다.

마이크는 양 무릎에 팔꿈치를 세우고 두 손으로 얼굴을 감싸고 있었다.

"뭘 좀 마시겠어?"

멜로디가 와락 그의 품에 안기어 대성통곡이라도 하고 싶은 감정을 억누르며 담담하게 말하였다.

말의 떨림에 그녀의 속울음이 진하게 배어 나왔다.

"괜찮아. 다 싫어…. 여기 와서 앉기나 해. 나 미웠지? 전화 메시지 남겨도 아무런 말도 없이 날 피하기만 하고… 나처럼 멜로디도 괴로워하고 있는 거 말 안 해도 다 알고 있어. 하지만 한번 물어보겠어. 나 사랑하는 것엔 변함이 없지?"

마이크가 소파 끝 떨어질 듯 앉아있는 멜로디를 애처롭게 바라보며 말했다.

그러나 멜로디는 고개를 숙인 채 소파의 팔걸이를 손바닥으로 비비고만 있을 뿐 이내 대답을 하지 않았다.

"변함이 없는 거지?"

마이크의 목소리에 물기가 잔뜩 머금어져 있었다.

"……. 으—웅."

잠자리 날갯짓 같은 조그마한 소리를 내며 멜로디의 고개는 자꾸만 아래로 떨어지고 있었다.

"그래, 그럼 됐어. 나도 변함없이 멜로디를 사랑해. 우리 집에서 결혼 반대가 심해 그동안 나도 솔직히 말해 효도냐 불효냐의 갈림길에서 지금까지 망설였는데, 나는 도저히 멜로디와 헤어질 수 없다는 게 첫 번째 문제라는 걸 알았어. 해답은 그것부터 문제를 풀어놔야겠다는 것이었어. 헤어질 수 있겠는가? 있나 없나? 그것부터 정리가 돼야 내가 갈 길이 보이는 거 아니겠어? 그래서 그동안 주욱 냉정을 찾고 고민의 시간을 보내고 있었는데, 답이 나왔어. 당신은 이미 내 일부분이 되어 있었어. 시간이 흐를수록 당신이 잊어지는 것이 아니라 더욱 당신이 보고 싶어 미칠 것만 같았어. 그래서 내가 이 나이 먹을 때까지 부모님께 대꾸 한 번 안 하고 살아왔지만, 이번만큼은 도저히 부모님 말씀을 따를 수 없기에 일생일대 거역 한번 해야겠다는 결심이 선 거야."

"…그럼 어떡할 건데?"

멜로디의 물음에

눈언저리에 물기가 잔뜩 묻어 있는 멜로디를 보자 마이크도 갑자기 슬픔이 몰아쳐 와 멜로디 곁으로 다가가 사랑하는 이의 두 손을 모아 자신의 무릎 위에 올려놓으며

"우리가 영원히 맺어지는 데는 두 가지 방법밖에 없어."

눈물을 흘리며 결연히 말하였다.

"두 가지?"

"응. 내가 그동안 두 분의 마음을 돌려놓으려 여러 가지로 시도를 해보았지만, 기집애, 같은 젊은이로서 내 편이 되어줄 줄 기대했는데 수잔까지도 엄마와 아빠하고 생각이 같다는데 어찌해 볼 도리가 없었어. 할 말은 아니지만, 엄마 속 안 뒤집어 놓아야 자기 시집갈 때 득이 될 것 같아 그랬는지는 몰라도 내 편을 들어줄 사람은 하나도 없다는 현실이기에 내가 부모님을 이해시킨다는 것은 역시 불가능이라는 것이야. 생각해 봐, 효와 불효 가운데서 갈피를 못 잡는 답답한 입장이 지금 되고 말았지만 우리 식구 빼고는 모든 사람이 인정하는 이렇게 똑똑하고 심성 곱고 예쁜 당신을 선택하는 내게 있어 이건 효면 효지 절대 불효가 아니라는 결론이 선 거야. 부모님의 반대 이유가 절대적으로 설득력이 없잖아. 이게 일방적인 나만의 생각일까? 결혼이란 게, 알지 못했던 집안과 집안의 맺어짐이라지만, 다른 사람이 볼 때의 우리 집은? … 아니, 멜로디 식구 중에 무슨 불량한 사람이라도 있어서야? 아니면, 사돈 될 집이 나서서 해결해야 할 무슨 어려운 사정이라도 있어서 이 결혼 반대를 하는 이유가 성립되는 거야? 단지 홀로이신 가난한 모친과 딸이라는 것 때문이잖아? 그게 이유가 돼?"

"첫 번째 길이 뭔데?"

"그 길은… 멀리 도망가 사는 거야. 여기선 안 돼. 우리 엄마 성격에 매일 난리가 날 테니까 말이야."

"도망가?"

"응."

"어디로?"

"우리가 마음 맞춘 곳으로."

"그게 불효잖아?"

"어차피 지금 당장 내 보일 수 있는 답은 그 불효밖에 없어."

"두 번째는?"

"진짜 불효."

"…죽자는 말야?"

"……."

멜로디가 긴장하자 잠시 말을 끊고 멜로디의 두 손을 감싸 쥐고 있던 마이크의 손아귀에 힘이 불끈 쥐어졌다.

"그래서 답은 하나야. 사느냐 죽느냐의 갈래길에서 살아가야 할 답은 오직 하나, 살기 위해 도망가는 길밖에 없어. 다른 사유가 있는 것이 아니라 내세울 게 없는 상대의 가난한 가정사가 우리의 부부 맺음에 반대 이유라면 나는 그렇게 투쟁할 거야. 사람들 많은 곳에 가서 우리 부모는 이런 사람들이요 하고 소리도 치고 싶었어. 하지만 자식으로서 감정을 그런 식으로 표출할 수는 없는 일이고 또 설사 그런다 해도 절대로 마음 바꿀 분들이 아니라는 걸 절감했어. 예전에 우리 아버진 그런 분 아니셨어. 흑백이 아주 분명하신 분이셨어. 그런데, 아버지도 언제부터인지 엄마처럼 되어가고 계셨어. 그건, 부닥쳐 본들 변하지 않을 아내이고 보니 그냥 져주고 사시다 보니 그리되셨는지는 모르겠지만… 아무튼 살아오다 처음 가져보는 내 속의 소리는, 죽을까 하는 생각도 잠시 들었었어. 그러나 그건, 효, 불효 따지기 이전에 생각조차 해서는 안 되는 일이기에 첫 번째, 멀리 돌아가는 길 하나를 택하기로 했어."

"마이크!……."

멜로디는 더 이상 무슨 말을 할 수가 없었다. 부모님 말씀을 거역하는 것을 큰 죄악으로 여기는 마이크가 이젠 멜로디 자신에 대한 열정으로 최악의 상황까지 생각하게 만든 것은 이토록 나를 보듬어 주는 사람이 이 세상 어느 곳 내 어머니 말고 또 누가 있었던가 싶게 가슴이 폭발하려는 듯한 뜨거운 마음이 들었고 선택은 하나, 이젠, 이 사람과 절대 떨어져서는 살 수 없겠다는 확신에 찬 사랑 앞에 앞으로 닥쳐올 현실이 안개빛으로 감싸 오고 있는 것을 기쁨 속 두려움이 혼란스러울 뿐이었다.

사실, 같이 살자는 것이 애초의 문제였으니 이제는 어디로든 눈에 띄지 않는 곳으로 도망가 사는 수밖에 달리 길이 있는 것은 아니었다. 그러나 이유야 타당하다 한들 나로 인해 그의 부모님 뜻을 거역하고 두 분 가슴에 대못을 치게 만들 수는 없지 않겠는가 하는 생각에 멜로디는 쉽게 답을 못 내며 차라리 가슴을 도려내는 아픔이 올망정 헤어지는 게 최선이 아닐까 하는 생각이 들어 갈팡질팡할 뿐이었다.

"…그래, 우리 멀리 가. 죽을 만큼 둘이 사랑하는데 무얼 못하겠어. 아무 데고 떠나. 한국도 좋아."

마침내 멜로디는 결심을 하였다.

둘이서 사랑의 도피를 했다 해도 엄마는 이해해 주실 것이고 이럴
수도 저럴 수도 없어 벼랑에 서 있는 것 같은 오늘이지만 둘이 계획을
잘 세워 보금자리를 찾고 그곳이 어디든 아이들 낳고 절약하고 가정
경제도 일구어 살다 보면 마이크 부모님들도 언젠가는 마음이 변하
여 반갑고 기쁘게 맞이해 줄지 모를 일이라는 생각이 든 것이었다.

"자신 있지? 부모님 말씀 거역한 부담감 때문에 나중에 후회하고
그럴 것 아니지?"

멜로디의 물음에

"이번만은 결코 아니야. 나는 살아오면서 어쩌다가 불순종하려 하
다가도 어머니의 고함소리에 질려서 생각을 바꾸면서 자랐어. 어떻
게 보면 만들어진 효도지. 그땐 옳고 그름을 따질 여력이 없었어. 한
울타리 안에서 살아가며 부모님은 학교 선생님처럼 세상 모든 일을
바로 다 알고 계실 것 같고 내가 잘 알지도 못하면서 또는 경험도 없
으면서 왈가왈부할 일이 아니라는 생각에 그저 하라는 대로 토 달지
않고 순응하며 살아왔던 것이야. 하지만, 이번만은 사연이 전연 달라.
덩치 큰 나무에서 잎사귀 없이 이른 봄 피는 목련은 며칠 피자마자 그
수명을 다하고, 가늘고 연약한 풀줄기를 의지해 피는 향기 그윽한 모
란은 환히 웃는 아기 머리만 한 얼굴을 가지고도 저를 지탱해 주는 몸
체가 허약해 고개를 땅바닥에까지 숙여 그 고운 얼굴 오래 간직하지
못하는 것처럼, 아무리, 왜 그러는지 이해하려 해도 이해가 안 되는
우리 가족들 마음인 거야. 물론 돈이 있는 게 없는 것보다야 낫겠지.
하지만 사랑하는 사람들이 한쪽이 가난하니 아무리 사랑해도 맺어지

지 못하고 헤어져야 한다는 게, 도대체가 무슨 말로든 설명이 안 되는 거야. 옛날이야 공부하라 하면 학생이니까 당연히 공부했고 또 부모님 고생하시니까 자식으로서 틈나는 대로 거들어 드렸고 약학을 전공한 것도 나중에 직장도 어렵지 않게 구할 수 있겠다 싶었고 자식 생각해서 권하시는 부모 마음을 내가 거역할 하등의 이유가 없어서였는데 지금은 사정이 다르잖아. 약속하겠어. 당신과 함께 가는 길이 험해서 힘든 길이 될지 몰라도 나는 항상 당신 곁에 있겠다는 것을 말이야. 그렇게 해서 멜로디! 나중에 우리 부모님이 우리 둘 열심히 행복하게 사는 것을 보시고 우리를 반겨 주시도록 노력하자 응…”

“마이크!”

둘은 누가 먼저랄 것이 없었다.

뜨겁게 포옹한 두 젊은 연인의 눈에선 그저 하염없이 눈물만이 흐르고 있을 뿐이었다.

“우리 마이크 어딨어? 어디로 빼돌렸어?”

몇 날이 지난 후, 밤늦게 마이크 여동생과 함께 정희 씨를 찾아온 순자 씨가 아파트 계단을 올라오면서 이웃 사람들 상관치 않고 고함을 질러대기 시작하였다.

“진정하세요. 마이크 어머님. 저도 제 아이가 없어져서 요즘 잠을 못 이루고 있어요.”

정희 씨는 이 판국에 무슨 교양을 따질 일은 아니었지만, 원래 태생이 조용한 성품이었기에 우선은 마이크 엄마의 감정부터 가라앉혀 놓아야겠다는 일념에 정희 씨는 맞서지 않고 다소곳이 그들을 맞이하였다.

"You만 잠 못 자? 나도 매일 뜬눈으로 밤새우고 있어! 어디 갔어? 우리 애, 어디다 감췄냐고?"

"감추다니요? 저도 아이가 온다 간다 말없이 옷가지 챙겨 가지고 집 나간 걸 한참 후에 알았고 지금도 갈 만한 데 찾아 사방으로 수소문하고 있는걸요."

며칠 전, 멜로디가 가게로 전화를 걸어와 (엄마! 나 마이크하고 떠나―. 우리 어디 가서 정착하는 대로 연락할게. 걱정하지 마, 엄마. 미안해, 우린 이럴 수밖에 없었어.) 하고 울먹이었기에 정희 씨는 아이들이 어디론가 떠난 것을 알고는 있었지만, 그 두 아이가 정작 어디로 갔는지 모르고 있었고 또 안다 한들 지금 그런 얘기를 마이크 엄마에게 할 수도 없는 일이기도 하였다.

그렇게 말했다가는, ―왜 그때 바로 나한테 얘기 안 했어?― 따지고 들 것이 분명하고 긁어 부스럼만 더 덧나게 할 게 뻔하기 때문이었다.

정희 씨는 멜로디의 마음을 죄다 알고 있었고 마이크도 불쌍해 견딜 수가 없었다.

정희 씨는 단 하나밖에 없는 혈육이 그런 모습으로 자신의 곁을 떠난 것에 설움이 복받쳐 올랐지만 그래도 제 부모와 다르게 심성 곱고 이치가 밝은 마이크와 맺어져 떠났음에 일말의 안도가 되었고, 제발 어디서든 꽁꽁 숨어서 나타나지 말기를 간절히 바라는 심정이기만 하였다.

"짐작 가는 데 있으면 대!"

"짐작 가는 데라니요?"

"당신 딸하고 당신 사이에 오고 간 말이 있을 테니 그걸 얘기하라는 말이에요!"

수잔이 제 엄마를 거들며 정희 씨에게 앙칼지게 쏘아붙였다.

"저는 정말 몰라요. 마이크를 본 지 한 달도 더 넘었어요."

"아무래도 안 되겠어. 이X이 엄마 말이라면 절대로 거역 안 하는 내 아들 어디로 빼돌린 게 틀림없어. 이X이 지금 앙큼 떨고 있는 거야. 수잔! 너 경찰 빨리 불러. 이X 신고부터 해야 돼. 이건 분명 유괴야. 우리 재산이 많아 이X이 지금 어떤 놈하고 내통해서 우리 재산 탐내는 거라고. 아, 어서 뭐해 폴리스 부르라니까."

"…마이크 어머니. 말씀이 정말 지나치시네요. 경찰은 제가 부르고 싶은 마음이에요. 아가씨 경찰 빨리 좀 불러주세요. 제가 부를까요? 어찌 그렇게 함부로 말하세요. 그러시지 말고 오셨으니 여기 좀 앉으세요…"

"뭐야? 이X아, 여기 앉을 때가 어디 있냐? 금쪽같은 내 아이 꼬드겨서 어디 감춰놓고 날 보고 뭐라고? 함부로 해? 너 이X 오늘 맛 좀 봐라, 수잔아! 너 이X 좀 붙들고 있어."

말이 끝나기도 전에 순자 씨가 정희 씨의 머리채를 휘어잡더니 급기야 육탄공세를 퍼부어 대기 시작하였다.

정희 씨는 갑작스레 육중한 그녀의 힘에 밀려 속수무책으로 몸체 어디고 두들겨 맞기를 시작하였다.

마이크의 여동생도 가세를 했는지는 고개를 들지 못하는 정희 씨로선 알 수가 없었고 정희 씨는 대항조차 할 수가 없었다.

힘이 부치기도 했지만, 이제는 이분이 분명, 자신의 안사돈이 되는 분이라는 걸 알고 있었기 때문이었다.

(딸 가진 죄인이라는 말도 있잖아. 그래 맞자. 죄인이 두들겨 맞는 거 그게 무에 서러울 거냐…)

그날 정희 씨는 태어나 처음으로 감당 못 할 수모를 당하며 그 모습 그대로 그들 모녀로부터 모욕을 견뎌내고 있었다.

얼마나 시간이 흘렀을까—

그들 모녀는 언제 돌아갔는지 정희 씨는 문득 집안이 조용해져 있음을 느꼈다.

정희 씨는 정신을 차려 옷매무새를 고치려고 가까스로 일어서려다 풀썩, 바닥으로 다시 쓰러지고 말았다.

온 삭신이 쑤셔오고 머리가 지끈거려 오는 것이 산발한 머리는 듬성듬성 빠져 바닥에 흩어져 있었고 어디를 어떻게 맞았는지 몇 번이고 몸을 곧추세우려 했지만 이내 허물어지기만 할 뿐 엎어진 그대로 체념해 버린 정희 씨는 흐르는 눈물을 주체할 수가 없었고 소리를 내지 않으려 입술을 깨물었는데도 기어이 통곡은 쏟아져 나오고 있었다.

단둘이 살다 아이가 집을 나가고 보니 온 집안이 텅 빈 게 이렇게 허전할 수가 없었기 때문만은 아니었다. 남편 상을 당하고 나서도 이

보다 더 섧게 울지는 않았던 것 같았다.

"잠 좀 잡시다. 씨—"

누군가 밖에서 고함을 질러댔으나 정희 씨의 삼켰다 뱉었다 하는 울음은 그 밤 내내 그칠 줄을 몰랐다.

정희 씨의 울음은 이제 한이 맺힌 탄식이 되어 이청준이 쓴 서편제의 남도 창가락처럼 어둔 방안에 가득 내려앉고 있었다.

"멜로디야—내가 아파도 나타나지 말거라 으—응—. 멜로디야, 나 죽었다 해도 나타나지 말거라, 으응—. 멜로디야, 너희들만 행복하게 살거라, 으—응—."

(한 번 태어난 인생인데 남의 사정 보아줄 것 없이 내 멋대로 살다가 죽으면 그뿐이라고 생각하며 사는 사람도 있을 것이고 한 번 사는 인생이니 여유스럽게 산다 해서 나보다 못한 사람 깔보지 말고 배려하며 살자 하는 사람도 이 세상엔 있겠지. 어둠과 빛은 서로 쫓고 쫓기며 상존한다 하지만 하나님의 자녀 된 우리는 빛 속에서 살아야만 하지 않겠느냐? 내가 어느 편에 서야 하는지 그건 만물의 영장인 인간만이 자의로 선택하는 것이겠고 교회가 말씀의 화수분이라 한들 안사돈처럼 겉믿음으로 그저 성경책 옆구리에 끼고 들락날락하고, 사랑의 결정체인 복음의 그 실체를 눈에 보이는 것만 믿는 사람들에겐 인간관계의 한 도구일 뿐이요 사랑의 천국도 마냥 신기루일 뿐… 안 그렇겠니, 멜로디야!…)

힘겹게 일어나 소파에 기대앉은 정희 씨의 설움 속

빛바랜 커튼이 쳐진 세간살이 어지러워진 집안으로

새벽빛은

그날에도 창호지에 먹물 스며들 듯 서서히 찾아들고 있었다.

푸른 별 잿빛 하늘

"휘ㅡ이ㅡㅇㅡ"

낯선 땅,

얼어붙은 들녘에 잇대어 그닥 높지도 않은 산마루턱에 몇 그루 남아 있지 않은 키 낮은 마른 나뭇가지가 찬 바람에 섥은 울음 우는 새벽.

서두른 작업 탓에 상체를 구부리지 않으면 바로 이쪽 모습이 노출될 조악한 참호 속에서 야전 점퍼 깃을 세우고 어젯밤 새 총을 쏘아대며 날을 새웠는데도 잠은커녕 더욱 또렷해지는 정신으로, 골짜기 건너 들녘 맞은편 어두운 산등성이에 눈길을 주며 손가락이 감각을 잃을까 보아 잠시 잠깐 호주머니에 손을 넣었다 빼고 입김을 호호 불어대다 M1 소총 방아쇠에 검지 손가락을 거는 행동을 반복하고 있는 '폴 옐로우 존슨' 일병은, 조금 전까지 중공군과의 전투에서 백여 명 중대 병력 중에서 반 이상이 전사하고 생존자 가운데 자신이 있음에 감사함보다는 슬픔을 느끼며

'나는 국가의 부름에 몫을 다하고 자유를 지키려 싸우고 있음을

자랑스럽게 생각한다.'

언제 또 함성과 함께 총을 쏘며 요란스레 악기를 두드려대고 몰려올지 모르는 중공군 동태를 살피며 두려움에 무너지려는 자신을 다독이고 있었다.

그때,

—우—와—아! — 피—융— 쿠—앙— 따꿍—따꿍—

산 아래 건너편 적 진지에서 어젯밤처럼 아군의 전투 의욕을 꺾는 낭랑한 여인의 목소리로 아군의 투항을 권유하며 구슬픈 곡조의 노래를 들려주다가 드디어 각종 화기들을 쏘아대며 적들이 또다시 몰려오기 시작하였다.

드디어 중공군의 2차 공격이 시작된 것이었다.

"Fire!—"

곧이어 아군 쪽에서도 중대장 명령 따라 새벽녘 물체가 정확히 보이지 않는 산 아랫쪽을 향해 수류탄도 투척하고 기관총이며 각종 화기들을 쏘아대기 시작하였다.

이런 상황에선 탄약을 충분히 비축한 쪽이 수십만 병력이 공격해 온다 해도 아군의 화력에 승패는 갈릴 것이라는 자신감에 '존슨' 일병 역시 조준할 겨를도 없이 아랫녘을 향해 좌우로 쏘고 던지느라 추위와 공포를 느낄 겨를이 없었다.

얼마나 시간이 흘렀을까?

희끄무레 주변이 밝아져 오고 있을 때

"Stop Shooting!—"

중대장의 목 쉰 명령이 떨어졌고

'존슨' 일병은 기진맥진 탈진해 그제서야 총을 무릎팍 사이에 끼고서 동상에 걸릴 듯한 손을 점퍼 속 겨드랑이에 넣고선 천천히 고개를 돌려 주변을 살펴보았다.

그리곤,

"어? 미스터 송! 미스터 송! ― 야! 제이슨! 제이슨!―"

나무를 깎아 만든 '지게'라는 이름의 기구에 후방 부대에서부터 총탄을 잔뜩 지고 제1선 이곳 고지까지 올라와서 심지어 조금 전까지 자기가 쏘는 여벌의 총에 탄창을 갈아 끼워놓고선 때로는 자신도 수류탄을 던지던 '송'이란 성씨를 가진 사십대 코리안 노무자가 이마에 피를 흘리며 쓰러져 있는 옆에, 위스콘신주 밀워키시 인근 타운이 고향이고 지금까지 서로 의지하고 지내며 지금도 바로 '미스터 송'을 가운데 두고 쉼 없이 사력을 다해 사격을 하고 있던 '제이슨' 일병이 철모가 벗겨진 채 그 또한 얼굴이 피범벅이 되어 쓰러져 있는 모습을 보자 '존슨' 일병은

"오, 마이 갓, 오, 마이 갓!……."

그만 자기도 모르게 고함을 지르고 말았다.

그때,

"Fire!―"

중대장의 명령이 잠시 침묵하고 있던 새벽 공기를 또 갈랐고

"타타―탕―"

살아남은 중대원들은 전사자들 시신과 부상자들을 수습하고 돌

볼 겨를도 없이 또다시 아비규환의 소용돌이에 휘말리고 말았다.

그렇게 얼마의 시간이 흘렀을까—

"Stop Shooting!—"

중대장의 고함 소리가 38선을 기점으로 남북으로 나뉜 코리아의 전쟁터 겨울 산야를 매서운 찬 공기와 함께 다시금 갈라놓고 있었다.

"가지 마—, 폴! 안 가면 안 돼?"

1950년 늦봄 어느 날, 미국 일리노이주 시카고시 북쪽 지역 로렌스 길, '폴'의 고향 집 인적이 끊긴 고요한 저녁 골목 전신주 아래, 이웃에서 사는 인근 고등학교 동창이자 약혼녀인 '에스더 마리아 앤더슨'이 그의 품에 안겨 눈물을 훔치고 있었다.

"큰일 날 소리. 난 이미 군에 입대하는 걸로 결정이 됐고, 그리된 이상 가야만 돼."

"그래도…"

"에스더! 2차 세계대전도 끝났고 전쟁도 없는데, 뭐 별일이야 있겠어. 넉넉히 한 삼 년만 기다리고 있어. 이게 다 남자의 숙명인 거야! ㅎㅎㅎ 내, 조심히 다녀올게."

"폴!……."

'존슨' 일병은, 미국 남부에 소재한 신병교육대에서 기초 훈련을 받은 뒤, 나라 이름도 생소한 '리퍼블릭 오브 코리아'라는 태어나 그날까지 단 한 번도 들어보지 못한 생소한 극동 아시아에 위치한 어느 조그만 나라에서 전쟁이 일어나, 유엔군의 참여로 거의 끝나갈 것 같은 전쟁이 중공군의 개입으로 인하여 장기전으로 들어가고 있을 때, '존슨' 일병이 소속된 부대가 파병되어 지금 이 시간 겨울 바람 지독히도 매서운 동방의 고요히 해 뜨는 나라라는, 이념이 갈린 슬픈 동족상잔의 전쟁 한복판에서 생사의 고비를 맞이하고 있는 것이었다.

피아 간의 병력 재정비를 위하여 전투가 잠시 소강상태에 빠져들자, 그제서야 살아남은 병사들 점호가 있었고, 남은 병력 중에 또다시 반 이상이나 전사한 부대원과 코리안 노무자들까지 부상자가 발생하자 잠깐 그 짧은 휴전 시간을 이용하여 몇몇 차출된 노무자들과 병사들이 부상자들을 후방으로 후송시키고 나서야 비로소 '존슨' 일병 부대는 몇 안 되는 중대원들을 다시 규합하여 적들의 다음 세 번째 공격에 대비하기 시작하였다.

그렇게, '존슨' 일병뿐만 아니라 살아남은 부대원들이 긴장된 정적의 시간을 보내다가 짧은 겨울 해가 훌쩍 서산을 넘어가자, 전선은 다시 일촉즉발의 공포와 긴장감으로 휩싸여 가고 있었다.

"폴! 아기를 낳으면 이름을 뭐라 지을까? 딸이건 아들이건 생각해 둔 아이 이름 있어?"
임신 3개월의 '에스더'가 조금씩 불러오는 자신의 배를 쓰다듬으며 내일이면 군대로 떠나는 '폴'과 이별을 서러워하며 물어왔다.

"그날 밤… 누가 이리 될 줄 알았나? …아직 생각 안 해보았는데, 작가이신 당신 아빠가 또 신앙심도 깊으신 분이니, 아들이고 딸이고 간에 성경에 나오는 인물 중 이름 하나 골라 지어 달라고 말씀드리면 어떨까?!"

"…그래야겠지?…"

"그렇게 해. 그리고 혼자서 힘들겠지만, 조금만 견디고 있어. 내가 소속될 부대가 어디가 될지 모르겠지만… 해외 파견 나가지 않고 국내 안에 있는 부대였으면 좋겠는데. 어쨌든 제대하고 나면 군에 다녀온 젊은이들 이 나라에선 혜택도 좋으니까 우린 가정 잘 이루고 행복하게 살아갈 거야. 에스더! 그때까지… 혼자 힘들겠지만… 내 엄마가 잘 돌봐주실 거야. 알았지?"

"으응—. 견뎌야지, 잘 다녀와! …딴 나라 가지 말고 국내 안에서 근무했으면 좋겠다. 그럼 면회라도 자주 가서 얼굴 볼 수 있게 될 테니까—"

"운명에 맡기는 거지 뭐. 결혼식은 올리지 못했지만 그래도 혼인신고는 미리 하고 입대하니까 내 마음이 놓여. 당신같이 예쁜 피앙세가 어디로 날아가진 못할 것 아냐. ㅎㅎㅎ"

끌어안은 두 젊은 연인의 입술이 포개지고 있을 때, 나무 끝가지에 그리도 끈질기게 매달려 있던 가을 잎새 한 닢, 잠깐 스쳐 지나는 바람에 그만 꼭지가 떨어져 나풀거리며 그들의 발밑에 떨어지고 있었다.

—우—와—아—아— 따—꿍— 쿠—앙— 우—와—아—아—

아직 어둡지 않아 육안으로 움직이는 물체가 얼핏얼핏 보이는 산 아래에서 드디어 숫자가 가늠이 안 되는 중공군이 엄청난 함성을 지르며 3차 공습을 감행해 오고 있었다.

중국 공산당은 인구도 많아 전투 병사들 시체를 밟고 넘어 저리 인해전술을 쓰며 공격을 감행해 오고 있으나,

'우린 승산이 있어—'

넉넉히 후방 지원을 받아 충분히 비축된 탄약과 후방 포 부대의 지원을 받는 아군으로선 이제 조금만 더 이 사선을 사수하고 있으면 다른 나라 유엔군이 곧 아군 부대에 편입되어 참전케 된다는 반가운 소식도 있던 차 —쐐에—익— 마침 아군 비행편대가 뒷쪽 산등성이를 넘어와 산 밑 아래 적군을 향해 기총소사와 폭탄을 퍼부어대며, 피아 간에 쉬지 않고 쏘아대는 총소리가 전쟁에 초목이 다 불타버린 낯선 나라 민둥산을 서리서리 훑으며 산으로 산으로 오르고 있었다.

얼마의 시간이 흘렀을까?

옆에서 부지런히 탄창을 끼워주던 낯선 코리안 노무자가 언제부터인지 동작이 멈추어 있었고 그 옆에서 사격하고 있던 다른 소대 앳된 병사도 동작을 멈춘 지 오래된 듯하건만, 아랫쪽 중공군들 숫자는 줄어들지 않았는지 이젠 저들의 함성 소리가 참호 언저리까지 올라오고 있었다. 그리고 보니 아군의 사격이 3차 총공격 시작 때보다 현저히 줄어들어 있었고, '애리조나주 피닉스'시가 고향인 소대장은 이

미 저들의 2차 공습 때 전사한 데다 조금 전까지 독려하고 있었던 중 대장 고함 소리도 이젠 더 이상 들려오지 않고 있었다.

그렇게 손가락에 감각도 없어져 더 이상 방아쇠를 당기지도 못하겠다고 '존슨' 일병이 느낀 그때, 한 중공군 병사 얼굴이 그의 앞에 갑자기 나타나자마자 '존슨' 일병은 자신의 왼쪽 귓부리께가 뜨끔해지는 것을 느낌과 동시에 그만 머리를 참호 벽에 떨구고 말았다.

그때,

저 멀리서 '에스더'가

"폴!…"

자신의 이름을 부르며 아이 하나를 안고 달려오고 있었고

"대디, 대디—!"

'에스더' 품에 안긴 한 아이가 자신을 부르고 있었다.

그리고 얼마 후,

'존슨' 일병의 얼굴에 잠깐 깃든 미소도 사라지고 —코리아—라는 나라를, 백성이 주인인 민주국가로 지켜주려는 사명감에 불타 있던 미군 병사들은 전사자와 심한 부상자들은 버려진 채 포로가 된 몇몇 미군과 남쪽 노무자들은 두 팔을 머리에 올린 채 속절없이 그 땅을 떠나가고 있었다.

생판 모르는 나라 전쟁터로, 그것도 얼굴 생김새나 문화가 엇비슷한 유럽 지역 나라도 아니고 피부색도 다른 데다 그들 문화조차 생소한 것은 물론이요 그동안 들어도 보지 못한 대륙의 끝자락에 위태로

이 붙어 있는, 더욱이 그것도 자기네 핏줄끼리의 싸움에, 지구 반대편 쪽 나라에 사는 경제력과 군사력도 강한 북아메리카 드넓은 땅을 소유한 부유한 미합중국은 왜 자기 나라 젊은이들을 그 전쟁터로 보내 목숨을 잃게 하고, 중공군 또한 자기 나라 젊은이들을 소모품처럼 버려가며 그들 또한 꼭 이 전쟁에 참전했어야 할 무슨 필연적인 이유라도 있었단 말인가?…

'Republic of Korea'라는 극동의 어느 이름 모를 민둥산 자락에, 미시간 호수가 바다같이 펼쳐져 있는 아름다운 평원 도시 시카고가 고향인 미군 병사 '폴 옐로우 존슨' 일병이 소속된, 동작이 멈춘 미군들과 한국 노무자들을 남겨둔 채 그 시각 그 지역을 스쳐 지나는 겨울찬 바람은 조금 전 아비규환의 소용돌이를 뒤로한 채 산 언저리를 감돌며 높이높이 하늘로 날아오르고 있었다.

"어? 이게 뭐지?…"

시카고에선 초여름이 시작되는 5월 뒤끝 어느 날 이른 아침, 동네 공원으로 운동하러 나가다가 어제 깜빡 잊고 확인 못 한 우체통을 열어 보고 편지를 집어 든 '데이빗'이 혼잣말을 중얼거리며 발신인을 살펴보았다. 거기엔, —Ministry of Patriots and Veterans Affairs of the Republic of Korea(대한민국 국가보훈처)—라는 발신자 주소가 있었고 자기 이름을 어떻게 알았는지 '데이빗 폴 존슨' 앞으로 발송돼 온 편지였다.

"어? 이 나라에서 왜 나에게 이런 편지를 보냈지?"

"케서린, 이리 좀 와 봐요."

'데이빗'은 부엌에서 아침 식사를 조리하고 있는 아내를 불렀다.

"왜 그러세요, 아직 운동 안 나갔어요?…"

'케서린'이 앞치마에 손을 훔치며 무슨 일인지 궁금스런 표정을 지으며 거실로 나왔다.

"코리아라는 나라에서 나한테 이런 편지를 보내왔네…"

"어서 열어 봐요. 뭐라 쓰여 있는지…"

거기엔, 한국전쟁(6·25) 발발 00주년을 맞아, 한국전쟁 유엔 참전 몇몇 미군 전사자와 실종자 가족을 대한민국 국가보훈처에서 초청한다는 초청장이 들어 있었다.

'데이빗'은 태어나 지금까지 한 번도 아버지를 본 적이 없었다. 커가면서, 나는 왜 아버지가 없을까 하고 의문이 든 그 나이쯤이 되어서 엄마에게서 들은 얘기로는 결혼 약속을 하고 '데이빗'이 엄마 뱃속에서 자라고 있을 때 군대에 가게 된 아빠가, 그해 1950년 6월 25일, 36년간이나 일본의 식민지로 수탈만 당하다가 자유 연합군의 참전으로 인해 2차 세계대전이 끝나면서 해방을 맞이한, 세계지도에서 보면 토끼 아니면 호랑이 같이 생긴 지형의 —코리아—라는 극동 아시아의 조그만 나라가, 자유민주주의와 공산주의 이념에 따라 그나마 남북으로 나라가 나뉘었으며, 그 남쪽 지역, 민주주의 사상으로 재건국된 대한민국이라는 아주 조그맣고 가난한 나라에서 전쟁이 일어나자 마침 아빠가 소속된 부대가 유엔군의 일원으로 후발대로 참전하게 되었고, 그 후 1953년 휴전이 되어 총성은 멎었지만 어떻게 되었는지 아빠는 실종자로서 지금까지 그 후 행방을 모르고 있다는 것이었다.

"이게 무슨 일일까? 아빠를 찾았기에 아들인 나를 그 나라에서 연고자로 찾는 것일까? 언젠가 들은 얘기로는 노스코리아에서 유엔군 포로들을 광산 같은 데에서 혹사시키고 어떤 포로는 공산주의자로 세뇌시켜서 공산주의 우월성 선전용으로 부려먹고 있다던데… 혹시 아빠를 찾아서 그러나?…"

"여보! 어쨌거나 그 나라에서 이렇게 초청장까지 보내왔으면 무슨 사연이 있는 것 아니겠어요. 우리 가요. 아빠가 그 나라 도와주러 가서 그곳에서 행방불명이 되었는데 아빠 흔적을 찾아서라도 한 번은 가 봐야 되지 않겠어요? 안 그래요, 여보?"

몇 주 후, 독일과 이태리라는 유럽 두 나라와 함께 세계 2차 대전을 일으킨 아시아의 섬나라 일본이 전쟁에 져 힘들게 살고 있을 때, 아이러니하게도 나라가 두 동강이 난 한국전쟁으로 말미암아 경제를 다시 일으키게 된 Japan이라는 나라와 함께, 엄청난 인구와 거대한 땅덩어리 China라는 공산주의 국가 사이에 낀 전쟁의 참상만으로만 상상되는, 그것도 지하자원 하나 없는 남쪽 지역, —대한민국— 수도 서울에 '데이빗 폴 존슨' 부부가 도착한 것은 새벽 6시경이었다.

잠을 설치며 먼동이 터 오는 이른 시간임에도 부산히 움직이는 저 아래, 아직도 재건이 안 된 폐허의 전쟁 상흔만 상상되던 서울이란 도시가 이젠 거대한 도시로 변해 있는 모습을 차창 밖으로 내려다보며 감탄하고 있던 '데이빗'은, 곧 있으면 인천공항에 내린다는 기장의 멘트를 듣자 두근거려 오는 가슴을 억제치 못하고 내 고향 땅에 오랜만에 찾아온 듯한 이상한 감정이 차올라 흐르는 눈물을 애써 감추지 않았고, 곁에서 역시 잠들지 못하던 '케서린'이 '데이빗'의 모습을 애처롭게 바라보며 남편 손을 말없이 쓰다듬어 주고 있었다.

"여러분들의 할아버지, 아버지, 삼촌, 그리고 형제의 고귀한 피 흘림으로 인해 오늘날 대한민국이 전쟁의 폐허를 딛고 이 나라가 경제발전과 한류 문화를 전 세계에 알리며 성장하여 이제 선진국으로 이렇게 발돋움하였습니다. 저희 나라 국민은, 그 당시 우리나라에 베푼 여러분 가족과 여러분 나라의 그 은혜를 결코 잊지 않고 있음을 이 자리를 빌려 보여드리고, 그 은혜를 어떻게 갚아 나가야 할지, 늦었지만 6·25 참전용사 가족 여러분들을 이 자리에 이렇게 모시게 되었습니다……."

초청자의 인삿말이 끝나자 미국 각지에서 온 스무여 명 미군 참전용사 가족들은 우레와 같은 박수로 화답하였고, 만찬이 끝난 참전용사 가족들은 한국 전통 음악도 듣고 한복 체험도 하며 디지털로 복원한 참전 당시 실종자 모습이 담긴 사진도 받고 ―전쟁박물관―에 들러 전쟁 당시 전사자와 실종자 이름이 새겨진 벽판에 쓰인 이름들을 쓰다듬으며, 전사자와 실종자 가족 모두는 가슴에 응어리진 그리움이 점철된 슬픔을 억제치 못하고 있었다.

―폴 옐로우 존슨―

벽판에서 아빠와 시아버지의 이름을 발견한 '데이빗'과 '케서린'은 그 이름이 새겨진 벽면을 어루만지며 터져 나오는 오열을 참아 낼 수가 없었다.

한국전쟁에 여러 모양으로 도움을 준 38개 국가들 외에 진정 죽음을 무릅쓰고 참전한 22개국 유엔 참전용사들.

그렇게 그들은 국가의 부름을 받아 목숨을 바쳤지만 지금까지 여러 나라에선 어느 전쟁에 휩쓸린 한없이 시대를 잘못 만난 잊혀진 희생자들로서만 유가족들 가슴에 한으로 남아 있었을 뿐이었다.

"여보! 한류라는 바람을 타고 요즈음 전 세계로 퍼져 나가는 이 나라 언어나 문화, 음식, 그리고 국민성을 보니 이 나라를 지켜주기 위해 자신의 생명을 바친 내 아버지가 너무 자랑스럽고, 아버지만을 그리워하며 나 하나만을 키우다 하늘나라로 돌아가신 내 엄마가 이젠 천국에서 기쁘게 아빠를 만나고 있을 것만 같아서, 내 아빠가 정말 위대하고 그래서 아빠가 더욱 그립고 지금 보고 싶고 그래. …고등학교 세계 역사 시간에 배워서 기억이 나고 며칠 전부터 도서관에서 책을 빌려와 Korea 역사를 다시 한번 알게 된 스토리지만, 5천 년 역사를 지닌 한국은 '홍익인간'이라는 인간 세계를 이롭게 하자는 이념으로 개국하여 남의 나라를 먼저 침략해 본 적이 없는 평화를 추구하는 백성들로서 지구 역사상 이 땅에 사는 인류의 위대한 지적 유산 발명품 중 첫 번째인 '한글'이라는 문자를 가지고 있고, '고려도자기', 그리고

Germany의 구텐베르크보다 칠십여 년 앞선 '직지심체요절'이라는 인쇄본, 세계 최초의 금속 활자를 발명하였고 '한지'라는 잘 찢어지지도 않는 우수한 종이도 만들어 썼으며, 부엌에서 조리할 때 이왕에 불 지피는 것 그 화기가 방바닥 밑을 지나가게끔 설계하여 겨울에도 따뜻하게 지낼 방을 데우는 온돌을 만들고 김치라는 야채 발효식품을 만들어 먹는 등, 거기다 아리랑이라는 하나님을 향한 기도문 같은 민요를 지어 부르며 찬란한 문화를 꽃피운 숨은 문화 강국인데다 서로 돕고 살자는 사랑의 마음을 품고 이웃 나라에도 우호적으로 그런 보석 같은 여러 가지 문물을 전수해 주곤 했는데도 불구하고 도움을 준 나라를 시기 질투하여서 그러는지 은혜를 지금도 원수로 갚는 듯하는 나라도 있다는데, 그들이 진정으로 사죄해 오기만을 참고 기다리고 있으면서도 자기 나라 자유를 지켜주려 한 유엔군들 희생을 절대 잊지 않고서 솔선수범, 고마운 마음 표시를 하고 있는 '대한민국'이란 이 나라 국민들과 국가가 나는 너무도 존경스러워…"

'데이빗'이 귀국하는 비행기 안에서 '케서린'의 손을 부여잡고 낮은 목소리로 말해 주고 있었다.

"데이빗!"

"네, 엄마."

"내가 하늘나라에 가더라도 문 앞에 항상 노란색 전등불 켜 놓는 걸 잊지 말거라. 어느 실종자 가족은 검은 깃발을 집 앞에 달아놓고 있다드만, 나는 네 아빠가 언젠가 집 찾아올 것을 기다리며 항상 불을 밝혀 놓고 있었다는 그간의 우리 가족들의 간절한 그리움을 아빠에게 보여주고 싶어. 이 엄마는 네 아빠가 너무도 보고 싶고… 언제일지는 모르지만 꼭 살아 돌아오실 것만 같아서야. …집 떠난 지 오래되어 혹시 집을 못 찾으면 어떡하니?"

"네, 엄마. 절대 잊지 않을게요. 그리고 엄마, 죽는다는 얘긴 이젠 그만하세요. 아빠 오시는 것 보셔야지요…"

'폴'의 실종 소식을 듣고 나서도 새 가정 이루는 걸 마다하고 오로지 남편이 살아 돌아올 것이라는 확신을 가지고 아들 하나만을 의지하고 평생을 살며, 박애주의자이신 시아버지가 아이를 낳을 적마다 사람들 모두는 하나님의 자녀들이기에 피부색으로 인간 차별을 해서는 안 된다는 뜻으로 자녀들 가운데 이름자엔 남녀 불문, 첫째는 옐로우, 둘째는 블랙, 셋째는 화이트라는 이름을 지어 주신 뜻을 따라 '폴'의 가운데 이름인 노란색 빛을 띤 전등을, '폴'이 실종되었다는 소식을 들은 이후 평생을 비가 오나 눈이 오나 하루 종일 집 앞에 밝혀 놓고 살았던 '폴 옐로우 존슨' 일병의 아내 '에스더 마리아 존슨'.

(인간들은 왜 서로 사랑하며 더불어 살아갈 수가 없는 것일까요? 걸핏하면 왜 서로 죽이고 죽는 싸움들을 하며 잔인하게 살아야 한단 말인가요? 하나님께서 이 땅을 다스리라 하셨지, 언제 땅 따먹기 하라 하셨던 것인가요? 지금 이 땅덩어리에 70억의 인간이 살고 있다 하면, 그 70억 인간이 먹을 수 있는 먹거리가 이 땅에서 소출되고 있을 건데, 하루 세 끼만 먹게 돼 있는 하나님이 주신 그 만나를, 누군

가 네 끼를 먹는다면 어떤 한 사람은 한 끼를 빼앗긴 것이 될 것이고, 누군가가 다섯 끼를 먹는다면 누군가는 또 두 끼를 굶는다는 것인데, 사람들은 왜 나 아닌 사람들을 미워하고 죽여가며, 요즘 말로 고작 살아 봐야 백 년 인생인 것이고 과거로 뒤돌아보면 그 또한 찰나의 순간을 살면서, 너보다 내가 더 많은 것을 가지려 포악한 마음을 보이며 폭력을 쓰며 사는 것인가요? 음식이란 게 조금 덜 먹고 소식해야 건강에도 좋은 것 아니겠어요?! 거기다 이 땅의 어느 곳에선 보호구역인 삼림지대에 들어가 경작지를 더 넓히려 산소를 내어주고 있는 우리에게 너무도 고마운 열대우림, 아름드리 나무들을 무차별 파괴하고 있고요. …그러고 보니 최초로 달나라에 다녀온 우주 비행사 '닐 암스트롱'이 한 말이 생각나네요. 그곳에서 지구라는

　—내가 돌아갈 저 작은 땅덩어리를 우주에서 바라보니, 저리 작고 아름다운 푸른 별에 살면서 하루도 편할 날 없이 긴장된 삶을 사는 인생들을 생각하면 인간들의 탐욕이 부끄럽고, 이 우주를 만드신 분은 분명 계시다는 믿음에 그분을 어찌 뵈올지. 광대하면서 질서정연한 우주를 보면서 그분의 존재를 믿지 않을 수가 없었어요.—라는 그의 고백을요. …보세요, 이 세상엔 동서고금을 막론하고 너무나도 많은 사람들이 탐욕의 소용돌이 속에 휩쓸려 사랑을 잃은 쓰라린 가슴을 안고 살아갔고 또 살아가고 있다는 사연들, 우리는 너무도 많이 보고 들으며 살고 있잖아요. 싸우지 말고 서로서로 배려하며 내 몸 살피듯 조심하고 아끼며 살아갈 순 없을까요? 오랜 세월 기다렸는데도 그리도 그리운 사람 만나지도 못하고 이젠 내가 포기해야만 한다

는 게 너무도 슬프고, 창문에 드리워진 커튼 사이로 달빛이 어른거려도 내 사람이 찾아든 것만 같아 깜짝 놀라다 이젠 눈물도 안 나오는 메마른 울음만 매일 혼자 된 밤에 속울음 토해내고 있어요. 폴! 서로 말을 주고받아야만 제 마음 아는 건 아니겠죠?! 내 마음 가는 길 끝에 당신이 계셔 내 마음 꼭 전해졌고 당신도 아픈 마음이지만 다정스레 받아 주셨으리라 믿어요.)

‘에스더’는 가슴에 품은 그리운 그이의 이름을 부르며 그렇게 60여 년을 살아왔다.

천년만년 살 것도 아닌 인생. 손에 쥐게 된 권력이 무소불위의 힘이라고 착각하면서 백성을 자신의 욕구를 채우는 도구로만 이용하려 드는 자신의 이념과 종교에 따라 나뉘어진 세계의 몇몇 나라들 권력자도 있었고 있겠지만, 자유민주주의를 수호하고자 하는 푸른 별에 사는 피부색 다름이 뒤섞인 용광로 속에서, 개중에는 피부색에 우월감을 가지고 사는 부류의 사람들도 있으나 대체로 많은 사람들이 내가 잘나서나 내가 못나서가 아니라 지역적으로 그렇게 태어난 것뿐이라는 대다수 국민들이 인간의 기본 인권을 지키려 애를 쓰며, 언론이 살아 있고 가난한 사람들 절대 나 몰라라 하지 않고 시대가 변해 간다 해도 많은 국민들 마음속엔 하나님의 절대적 영원불멸의 사랑이 담긴 ‘복음‘이 살아 있는 자유 민주국가 ‘United States of America’.

그렇게,

데이빗과 캐서린이 한국에 다녀온 지 얼마 후,

한국 군사분계선 인근 야산 골짜기에서 수습된 여러 유골 가운데

한 조각 DNA가 확인된 '폴 옐로우 존슨' 일병의 유골은 성조기에 덮여 60여 년 만에 고국에 돌아와 나팔수의 처연한 진혼곡을 들으며 일생 한 번도 얼굴을 마주하지 못한 아들과 며느리의 오열 속에 버지니아주 알링턴 국립묘지에 안장되었고,

그날은 멍울진 가슴 부여안고 평생을 살아온 '폴 옐로우 존슨'의 아내 '에스더 마리아 존슨'이 하늘나라로 떠난 지 마침 1주년이 되던 날이었다.

그날,
푸른 별에 드리워진 잿빛 하늘은 종일 비를 내리고 있었다.

사진에 찍힌 아픔

"이 사진 보니까…."

"보니까, 뭐?"

대학 졸업반 아들아이가 짧은 겨울 방학을 맞아 잠시 집에 돌아와 모처럼 온 식구가 모여 저녁상을 물리고 거실에서 이야기꽃을 피우던 중 누가 꺼내 왔는지 가족 사진첩을 넘겨 보고 있던 아들아이가 무슨 사진을 보다 그러는지 잠깐 표정이 어두워지자, 시집갈 생각은 않고 직장에 다니고 있는 네 살 터울인 제 누나가 동생의 눈길이 멈춘 사진을 힐끗 바라보다 이게 왜? 알 수 없다는 듯 물었다.

"…이 사진, 그때, 나 주니어 하이 때야……."

아이가 지금까지 즐거워하던 표정이 변하고 무슨 깊은 사연이라도 그 사진 속에 있는지 다음 말을 이어가지 못하자

"그런데?"

기다릴 수 없다는 듯 제 누나가 다시 다그쳤고

"그때 나 그거 안 훔쳤거든…."

"?…"

"?…"

"?…"

갑자기 울먹이는 아이의 행동에 당황한 우리 셋은 동시에 눈들을 동그랗게 뜨고 서로의 얼굴을 바라보다 또 아이의 얼굴 보기를 반복하면서 한동안 할 말들을 잊고 말았다.

"무슨 사진인데 그래?"

모두가 고개를 기울여 아이가 보고 있던 사진을 바라보니 거기엔 아들아이 주니어 하이 1학년 때쯤이던가? 아이가 잠시 학교 야구부에 소속되어 야구 방망이를 들고 서 있는 모습이 찍혀 있는 사진이었다.

"이게 왜?…"

사진을 보고 난 딸아이가 의아해하며 궁금증을 못 이겨 다시 재촉하자

"내가 저때, 집에서 갖고 놀던 작은 장난감 아빠가 보고서, 못 본건데 어디서 났냐고 했잖아. 그래서 내가 아빠가 나 준 거잖아! 하니까, 아빠가 '우리 가게선 그런 장난감 안 팔았어!' 그러면서, 어디서 났냐고 막 화내고 거짓말한다고 나를 들어서 침대에 던지고… 그때 나, 그거 정말 안 훔쳤거든…."

떨리는 목소리로 말하는 덩치는 산만하나 여린 심성의 아이 눈에 금세 이슬이 맺혀갔고, 그 말을 들은 나는 당황해하면서 십여 년 전 그때로 돌아가 그날 일을 반추해 보니 뜻밖에도 그때 그 일이 어제 일처럼 생생히 떠오르는 것이었다.

그날 늦은 시각. 가게 문을 닫고 다른 일을 하는 아내와 함께 귀가하자 '하이!' 하며 여느 때처럼 엄마 아빠 마중하지 않고 아들아이가 제 방에서 나오지 않고 있길래 —공부라도 하나— 생각하며 아들 방문을 열어 보았는데, 아, 글쎄 녀석이 내가 사준 기억이 없는 못 보던 장난감을 가지고 놀고 있는 것이 아닌가. 그래서

"너 그거 어디서 났어?"

물어보게 된 것이고

"아빠 가게 파는 거 아빠가 나 줬잖아?"

아이가 어눌한 한국말로 거짓말을(내 생각에) 하는 것이었다.

"야! 우리 가게 그런 거 안 팔거든. 얘가 지금 어디서 거짓말이야?!"

나는 벌컥 화를 내었고 실제로 가훈이라면 가훈이라 할 수 있는 —거짓말이란 모든 죄악의 씨앗—이라 생각하고 살아왔기에

"너, 아빠 따라 나와! 너 지금 우리 가게 가서 어디서 가져왔는지 확인해 보자."

아이를 이대로 키워선 안 되겠다 싶어 이참에 완전 못된 싹, 뿌리째 뽑아야겠다는 생각에 나는 아이를 다그친 일이 있었던 것이었다.

엄마 아빠 아침에 나갔다가 저녁 늦게 들어오니 남매 얼굴 제대로 볼 수도 없는 여유 없는 이민 생활과, 이 어지러운 세상을 어찌 올곧게 아이들 키워가야 할지 걱정스러운 마음 가눌 길 없던 차에 내 아이가 남의 물건에 손을 대다니 —이거 큰일 났네— 나는 그 순간 엄청난 위기감을 느낀 것이었다.

그러자

"하나님 다 알아."

울먹하며 아이가 말하는 것이 아닌가?

나는 그때 아이의 그 말이 지금도 잊히지 않고 있는 것이, ―자기 위기를 모면하고자 하나님을 팔아?―라는 비열한 아이의 변명에 더욱 화가 나 앞뒤를 가릴 여유가 없었고 침대에 앉아 있던 아이를 번쩍 들었다 놓은 뒤

"좋아, 따라 나와!"

그날 밤, 아이를 차에 태워 내가 운영하는 잡화가게가 있는 시카고 사우스 63가를 향해 집을 나선 것이었다.

우리는 그 무렵 '디어필드'라는 시카고 북쪽 타운에서 살고 있었는데, 그 늦은 시각에 기어이 차는 E.94번 고속도로에 들어서고 말았고, 가 보았자 아이가 지금 거짓말을 하는 게 들통날 건데, 거기까지 간들 무슨 소용이 있겠는가 싶어, 아예 이쯤에서 쐐기를 박자 하는 생각에 '타워 로드'로 나가는 사인이 보이는 갓길에 차를 세우고선 나는 짐짓,

"아빠는 거짓말하는 사람이 제일 싫어. 네가 지금이라도 솔직히 말하면 아빠가 너 용서해 주고 다른 장난감 사줄 거야. 너 솔직히 말해. 네가 끝까지 거짓말하면 너하고 나 여기서 죽자. 난, 거짓말하는 아이와 함께 살 마음이 없어!"

격앙된 음성으로 아이에게 겁을 주고 핸들을 돌려 차들이 질주하는 도로로 달려나갈 모양새를 취했다. 그러자,

"아, 아빠!… 나 친구 집서 가져왔어… 아빠 죽지 마…."

아이가 대성통곡하는 것이었다.

그때 나는 아이의 고백에 그러면 그렇지, 속으로 쾌재를 불렀었다. 그리곤 (그래, 솔직하게 잘못을 뉘우쳤으면 됐어. 이 정도 충격받았으면 다시는 나쁜 짓 하지 않겠지—) 생각하고

"그것 봐, 진작에 네가 솔직히 말했으면 아빠 이렇게 화 안 났잖아… 뽀뽀."

나는 흐느끼는 아이를 다독이며 집에 돌아온, 십여 년 전 그때 그 일을 생생히 기억해 낸 것이었다.

"나 정말, 그 장난감, 아빠가 나한테 준, 카도 되고 로봇도 되는 – 트랜스포머– 장난감 속에 그 장난감 또 들어 있었어… 아빠 생각 안 나?… 나 친구한테 안 훔쳤어…."

아이가, 제 얼굴을 쓰다듬는 척 눈물을 훔쳐내며 그게 언젯적 일인데… 기억 한켠 웅크리고 숨어 있던 아픔을 토해내고 있었다.

"……."

그 말을 들은 나는 무어라 단 한마디 말도 할 수가 없었다.

"그럼, 그때 넌 끝까지 안 했다고 하고, 아빠 가게 가서 확인했음 됐잖아. 너 거짓말하긴 한 거네. ㅎㅎㅎ"

당황스러운 분위기를 바꿔 보려는 듯, 한국 노래도 발음 정확하게 불러대는 딸아이가 제 동생의 옆구리를 툭 치며 웃어대자

"…난 그때, 아빠가 너 그거 어디서 났어? 그렇게 화냈을 때 아빠

가 무서웠고 또, 하이웨이서 죽자 했을 때 아빠가 꼭 죽는 줄만 알았
어…."

아이가 쉬이 삭여내지 못한 울음 짙게 배인 목소리로 말했다.

그때, 나는 아이의 아픈 회상으로 인해 양쪽에서 날아드는 날카로
운 시선들을 느끼며 어디 쥐구멍이라도 있으면 그리로 재빨리 숨어
들고만 싶은 심정이 되어갔다.

그날 밤.

나는 오래도록 잠들지 못해 뒤척이다가 하루 종일 서서 일하고 와
서 곤히 자는 아내가 깨지 않게 조심스레 일어나 아들 방으로 찾아 들
었다.

저녁때, 아이의 말을 듣고 나서 바로 내 잘못되었던 오해와 행동
을 인정하고 이해를 구해 아이의 마음 한구석에 그리 오래도록 숨어
있었던 어둠 한 자락 활짝 젖혀져, 이제 빛을 받는 시간 맞이하게는
됐지만, 나는 도저히 꼬리를 물고 뒤쫓아오는 그동안 아이가 품고 있
었던 터뜨리지 못한 그 병들었던 멍울에 대한 죄책감 때문에 그대로
는 잠을 이룰 수가 없어서였다.

어찌 보면 자식의 인성은 가정교육에서부터 시작되는 것인데 돌
아보면 즉흥적이고 깊은 사고가 결여된 자신의 행동에 비해 신앙생
활 충실히 하며 심성 곱게 자라 준 아이에게 너무도 부족했던 나 자
신의 지난 언행이 부끄럽기만 한 것이었다.

(아들아, 미안하다. 정말, 그때 아빠가 사려 깊지 못했어. 정말

미안해…)

　나는 깊은 꿈나라를 여행 중인 다 큰 아들아이의 볼에 살며시 뽀뽀를 하고 맘속 깊이 용서를 빌고 나서 조용히 문을 닫고 나와 자리에 누웠다. 그리곤 멀리 달아난 잠을 청하며 (언제까지 이 어둔 내 안의 숨어 있는 완악한 마음 후회로 붙잡고만 있을 것인가?… 이제 머잖아 동은 틀 것이고 우린 또 희망찬 내일을 살아내야 할 게 아닌가?) 하는 생각에 마음속 부지런히 '무궁화 꽃이 피었습니다'를 세어나가기 시작하였다.

　그렇게,

　아이의 아픈 기억과 나의 좀체 잊을 수 없을 부끄러움 함께 실은 어둠은 그 시간 하늘이 주시는 빛의 열림에 서서히 쫓겨가고 있었다.

정 노인의 사랑

그날 아침.

"에휴, 이젠 정말 삼시 세끼 밥 해 먹기도 귀찮구만…"

정 노인은 며칠 전 노인정에서 단체로 데려다준 동포 식품점에서 구입해 온 좋아하는 멸치볶음이며 고추장아찌 등 먹다 남은 반찬들을 냉장고에 넣으면서

"설거지는 이따 하지 뭐…"

빈 밥그릇과 수저 등을 개수통에 넣으며 또다시 혼잣말을 하였다. 그리고선 밥 먹기 전에 미리 끓여놓았던 커피잔을 들고 창가로 다가가 수증기가 내려앉은 창을 손바닥으로 쓰윽― 쓰윽― 몇 번 문지르고선 손길이 스친 사이로 마침 출근 시간으로 바쁜 거리의 풍경을 내다보다가

"어이구, 첫눈이 내리고 있네…" 기다리고 있었던 듯 감탄하였다.

밤새 내린 눈을 제설차가 언제 치우고 지났는지 길가에는 어느새 눈이 어른 무릎에 닿을 만큼 쌓여가고 있었다.

"…그것 참, 저렇게 솜같이 내리는 눈을 보니 언젯적 일인데, 그때

그 여학생이 갑자기 생각나누만…."

정 노인은 또 혼잣말을 중얼거리며 커피잔을 두 손으로 감싸 쥐고 선 조금씩 마셔가며 한동안 그 자리를 떠날 줄 모르고 있었다.

정 노인이 아내와 사별한 지도 벌써 5년여, 이제는 사진을 보지 않으면 50여 년 살을 맞대고 살았던 아내 얼굴도 선명히 떠오르지 않았고 삼남매도 장성들 하여 제각각 이 도시 저 도시로 흩어져 사느라 홀로 노인 아파트에서 사는 정 노인으로서는 언제나 그랬지만, 잠자리에 들 때라든가 계절이 바뀌는 것을 느끼게 될 때면 그 허전함이 가슴 속 깊이 또아리를 트는 시간이요 날들이었는데 오늘 아침 함박눈마저 지난 시간 속으로 정 노인을 창가에 붙박이로 오래도록 세워두고 있는 것이었다.

그러니까 그게 정 노인이 고등학교 2학년 때쯤이던가 서울의 용산 우체국 언저리 동네에서 살 때, 옆집 자기 오빠네 집에 겨울 방학 동안 다니러 왔던 경기도 안성에서 살던 ("그래, 유경애… 치아가 꼭 석류알처럼 가지런하고 윤기 나던 소녀… 그 사람도 지금쯤 많이 변해 있겠구먼….")

우윳빛 안개 저 너머에서 아련히 떠오르는 한 얼굴, 함박눈 내리는 날이면 때때로 잊히지 않고 생각나는 양 볼이 발갛게 익어 있던 소녀가 오늘 아침 정 노인의 가슴을 아련히 두드리고 있는 것이었다.

"어이, 미스터 정! 바둑 한판 둘까?"

정 노인이 아랫층 휴게실 문을 열고 들어서자 상반신을 소파에 깊숙이 파묻고 두 다리를 꼬고 앉아서 신문을 펼쳐 들고 있던, 2층 1호실에서 부인과 오손도손 살고 있는 민 노인이 반색을 하며 그를 맞이하였다.

"내가 말야, 요 며칠 이세돌과 알파고의 바둑을 면밀히 분석해 봤는데 달라진 내 바둑 솜씨 한번 느껴보지 않겠어?"

무료하던 차에 그 심심함을 덜어줄 노인 아파트 동년배를 만난 민 노인이 만면에 웃음을 띠며 상반신을 일으켜 세웠다.

"그래? 그럼 이따 솜씨 좀 확인해 볼까. 신문 좀 먼저 보고 말야…."

정 노인이 민 노인 곁에 앉으며 환한 얼굴로 말을 받았다.

정 노인보다는 애들 모양 토실토실 살이 쪄 있는 데다 풍채도 좋아 보이고 환하게 화장을 하고서 1층부터 4층까지 분주하기 짝이 없는 아내와 함께 사는 그가 이 노인 아파트에선 참으로 허물없는 죽마고우와 다름없는 친구여서 정 노인은 언제나 민 노인과의 어울림을 마다하지 않았다.

그날 낮.

점심을 마치고서 동네를 한 바퀴 걸어볼 요량으로 옷을 챙겨 입고 있는 정 노인을 민 노인이 찾아왔다. 살이 포동포동하게 오른 손가락에 장갑을 끼면서 들어서는 그도 역시 소화도 시킬 겸 거리로 나서고 싶은 모양새였다.

"어디 가?"

"으응. 자네야 마누라가 차려주는 밥상머리에 앉아서 숟가락만 들면 되겠지만 나야 어디 형편이 그런가. 모든 걸 내가 움직여야 살아갈 수 있으니 건강을 위해 소화도 시킬 겸 동네 산보 좀 하려고…. 혼자니 더욱 건강에 신경 써야 하잖겠어!"

"나도 그럴 생각에 여기 오기는 했지만 날씨가…."

"왜 어때서? 노인들은 이런 날씨일수록 방구석에서만 뒹굴지 말고 옷 단단히 챙겨 입고 운동을 해야 해. 걸을 때 여기저기 살피면서 조심조심 걸으면 자빠질 일도 없어."

"그래, 이왕 나섰으니 눈 치워진 곳으로만 한 바퀴 돌다 들어오지 뭐…."

민 노인이 장갑 낀 손을 맞부딪치며 맞장구를 쳤다.

언젠가부터 한국에선 백세시대라는 유행가가 뜨는 바람에 그 노랠 부른 여가수 잠잘 시간도 없다더만, 여자들이 남자보다 수명이 더 길어서 그런지 할애비보다 할망구들이 더 많은 40호가 넘는 그들이 사는 이 아파트만 해도 남자라곤 열 명이나 될까 말까, 그 나이엔 귀한 경우지만 민 노인처럼 부부 함께 기거하는 집이 이 아파트엔 통틀어 딱 두 집뿐이었다.

그런 그들이 문밖으로 막 나가서자 40대 후반쯤 돼 보이는 동포인 듯한 사내가 여러 짐 꾸러미들이 놓여 있는 옆에서 주머니를 뒤지며 무언가를 찾고 있었다.

아마도 열쇠를 찾고 있는 듯해 보였다.

"어이구, 추운데 어서들 들어오시우."

정 노인이 열린 문고리를 잡고서 사내에게 말했다.

"아휴, 감사합니다."

사내가 허리를 굽혀 인사하며 안으로 들어가자 뒤미처 그의 부인
인 듯한 여인이 할머니 한 분을 앞세우고 목례를 하며 뒤따라 들어섰
다.

"오늘 새로 입주하시는 분인가 보군요."

민 노인이 한사코 마다하는 비슷한 연배로 보이는 할머니가 들고
있는 보퉁이 하나를 빼앗다시피 들고서는 안내를 자처하였다.

"네. 저희 엄마가 오늘부터 이곳에서 사시게 되어서요…."

"그래요? …빈방이 없을 텐데… 아, 참. 3층 3호실요?"

"네. 그렇게 알고 있는데요…."

"그렇군요! 여기 이 사람 바로 옆방인데 거기 방 빈 지 며칠 안 됐
거든요. 용케도 얻으셨네요…."

"네. 일찍 신청해 놓은 덕에… 한국분들 많은 이곳에 어머닐 모시
게 되어서 여간 다행이…."

보따리를 잠시 내려놓으며 사내가 말끝을 흐렸다.

하기사, 대체로 누군가 이 세상을 하직해야만 빈방 하나 생기는
것이고 보니, 식구들과 떨어져 살아야 될 노인들은 많고, 그들만을 위
한 아파트는 모자라니 딱히 누군가가 빨리 떠나가 주기만을 바라는
건 아니지만, 일찍 신청을 해놓고 순번을 기다릴 수밖에, 또 무슨 불
효해서라기보다는 꼭 부모 자식 함께 살아야 한다는 법도 없는 세상

사이고 보니 형편 따라 사는 것, 어찌 보면 혼자 나와 사는 게 누구 간섭 안 받고 노년이 얼마나 편하랴도 싶으니 과히 자제분들이 안쓰러워할 필요는 없는 것이리라— 사내의 태도에서 그의 마음을 읽자 위로해 주고 싶다는 생각을 해보는 정 노인이었다.

"정말 다행이십니다. 많은 분들이 기다리고 있다는데 악착같이 살고 있…"

이번엔 정 노인이 한마디 끼어들다 말고 황급히 말을 삼키고 말았다. 먼저 들어온 사람들이 빨리빨리 하늘나라로 떠나줘야 몇 년씩 기다리던 사람들이 다만 얼마 기간 동안만이라도 혼자만의 시간을 맞이하고 살아갈 것인데, 자기처럼 이리 미적대고만 있으니 이 어찌 미안한 일이 아니겠는가? 갑자기 그런 얄궂은 생각이 들어서였다.

거기다 사내의 어머님 되시는 이를 보자 어디서 본 듯한 게, 아침 나절 아득히 머—언 곳에서 소롯이 찾아든, 스카프에 함박눈이 잔뜩 앉은 모습에 동네 골목 어느 집 담벼락에 기대어 생애 처음이었을 남자(엄밀히 말하면 남자라기보다는 소년)의 입술을 이마에 받으며 눈을 감고 있던 소녀가 생각나 (이런, 경망스러운 생각이 들키면 어쩌랴—) 얼른 시선을 피하고선

"그럼 자네가 좀 안내해 드려. 나 혼자 나갔다 올 테니…"

정 노인은 서둘러 길을 나섰다.

그날 저녁

"어이, 미스터 정!"

정 노인이 저녁때가 되어 무엇을 먹을까 하고 냉장고 문을 열고 한참을 서 있는데 민 노인이 잠기지 않은 문을 벌컥 열고 들어오며 활기차게 말했다. 무슨 신나는 일이라도 생긴 모양새였다.

"어쩐 일이야 이 시간에?…"

정 노인이 의아해하자

"오늘 낮에 미인 한 분 새로 이사 오셨잖아?"

"미인? 어, 낮에 만난 분? 늙은이에게 미인은 무슨… 곱상하게는 생기셨두만…"

"늙어서 곱상이면 젊어선 미인이야."

"근데?"

"근데는 무슨 근대국만 끓여? 자넨 좋겠다 그 말이지. 자네도 홀몸이니 말야."

"아니 이 사람이 무슨 큰일 날 소릴… 아니 그 말 하려고 저녁밥 먹을 시간에 날 찾아왔단 말이야?"

"내가 아까 그 집에 찾아가서 통성명 나누지 않았겠나…"

"그새 찾아갔었단 말야?"

"아니, 내 아무리 궁금한 거 못 참는 성격이기로 남녀 구별이 있는데 초면에 혼자 갈 수 있었겠어? 자넬 찾으니 어딜 나가고 없길래 내 마나님하고 같이 갔지."

"그래서…?"

"참 고운 분이시두만 말도 얼마나 잔잔히 하던지, 웃을 때 보이는 이빨은 그 뭐랄까, 그래! 석류알같이 촘촘히 가지런한 게…."

"석류알?"

"그래! 자넨 참 복도 많으이… 보면 가슴 뛸 여인이 바로 자네 옆방에서 사시니 말야…."

"이 친구 복이 넘치는 사람이 어디 탐낼 게 없어서… 마나님께서 자네 그 속내를 알면 무슨 경을 치르려고. 쯧, 쯧…."

정 노인이 혀를 차며 민 노인의 말을 잘랐다.

"난 말야, 내 여편네가 하도 수다스러워서 저리 다소곳한 사람만 보면 오금을 못 펴겠단 말야…."

"허, 허, 그것 참. 나잇값 좀 하게."

정 노인이 다시금 그를 나무라며 언짢은 표정을 지을 때

"여보! 여기 계세요?"

민 노인의 부인이 남편을 찾는 소리가 문밖에서 들려왔다.

"아무튼 저녁밥 먹고 나서 좀 있다 휴게실에서 신입회원 상견례가 있다니 그때 잘 봐두라구…."

민 노인이 나가면서 이죽거렸다.

그날 밤.

"…그러면 이제 오늘 새로 입주하신 회원님의 자기소개가 있겠습니다."

회장을 맡고 있는 민 노인 아내의 말이 끝나자 맨 앞줄에 고운 한복을 차려입고 다소곳이 앉아 있던 아침의 그 부인이 저고리 고름을 살포시 매만지며 일찍 잠자리에 든 노인들을 제하고 20여 명이 자리

한 좌중들의 앞에 섰다.

"저는… 남편과 함께 5년 전에 맏아들 초청으로 이민 와 살다 3년 전 남편 먼저 하늘나라로 떠나보내고 버스도 다니지 않는 외진 동네가 싫어 여러분과 함께 살고자 여기를 찾아온 '경애'…"

말이 채 끝나기도 전에 뒷자리에 앉아 부인의 모습을 지긋이 바라보고 있던 정 노인의 심장이 갑자기 뛰기 시작하였다.

"정경애입니다."

그 순간, 정 노인은 자신의 마음 한켠에 허전함 같은 것이 채워져 가는 것을 느꼈다.

"저는 아들 하나에 딸 둘을 두었는데 첫째 딸은 한국에서 살고 있고 아들과 막내는 이 도시 외곽에 살고 있습니다… 오늘 이렇게 여러분들 뵙게 되어 정말 반갑습니다. 동네 지리도 잘 모르니 여러분들이 많이 도와주시기를 부탁드립니다."

부인이 고개 숙여 차분히 간단한 자기소개를 마쳤다.

그러자,

"할망구가 곱상하게 생겨서 내가 좀 샘이 났는데, 여기 이 내 옆에 앉아 계신 미스터 정은 내가 점찍어 놓은 사람이니 넘보지 마우… 같은 종씨니 이제 안심은 된다만…"

정 노인 옆에 앉아 있던 405호 할머니의 말에 모두가 박장대소를 하였다.

그때 제자리로 돌아가려던 부인이,

"아, 참! 미국 오니까 성씨가 남편 성 따라가데요. 제 본성은 '유'가인데 어떡하죠…?"

좌중이 다시 한번 웃음 속에 빠졌으나 부인의 끝말을 들은 정 노
인은 앉은 그 자리에서 미동도 하지 않은 채 부인의 얼굴을 뚫어져라
바라만 보고 있었다.

"그럼 고향은 어디요? 여기 법은 동향끼리도 아니되우…."

405호 할머니가 기세 좋게 다시 묻자 자리에 앉으려던 부인이 살
짝 미소를 띠우며 말하려 할 때 가지런한 치아 하나가 '반짝' 빛을 받
았고

"결혼해서 줄곧 서울서 살았지만 고향은 '안성'인데요. 경기도 안
성…."

순간, 정 노인은 자신이 지금 안개꽃이 만발한 새벽 들판에 서 있
는 것 같다는 생각을 하였다.

다음 날, 이른 새벽.

정 노인은 밤을 세운 듯 푸석한 얼굴로 식탁에 앉아 식어 있는 커
피잔만을 만지작거리고 있었다.

어젯밤, 모두 헤어지고 정 노인도 방에 돌아온 뒤부터 정 노인은
한숨도 잠을 이룰 수가 없었다.

그것은 기적같이도 옛 시간으로 돌아갈 수 있게 되었다는 설렘보
다는 아내, 못난 자신을 만나 함께 사느라 고생만 했던 아내가 생각나
도저히 잠을 이룰 수가 없었던 것이었다.

(여보, 미안해… 나도 어쩔 수 없나 봐… 들떠 있었어… 미안해….)

정 노인은 아무리 사별한 아내이지만 지금까지, 아내 없이 혼자 행복해한다는 건 아내에 대한 참정이 아니라고 생각하고 살아온 터였다.

그랬던 것이 만약, 이제부터라도 우연이 아닌 필연으로 자신의 옆방으로 찾아드는 옛사람이라 한들 만약에 함께 즐거워하며 산다면 그건 자신을 만나 고생만 하며 살다 간 아내를 버리는 일인 것만 같았고 혼자 맛있는 음식을 먹고 즐거워 '하, 하' 웃는 것조차 내 아내에게는 절대 해서는 안 되는 몹쓸 짓이라는 생각을 떨칠 수가 없어 잠을 이룰 수가 없었던 것이었다.

(그러길래 있을 때 잘했어야지… 후회한들 뭐해… 오늘부터 딴 아파트를 찾아 나서야겠어….)

정 노인은 요즘 부쩍 늘은 혼잣말을 다시금 중얼거렸다.

그 시각,

여명이 밀려오는 하늘엔 눈썹달이 별 하나 데리고 하룻길을 떠나려 하고 있었고

—내게 있어 첫사랑이란, 인생길을 가다 길섶에 핀 꽃향기, 달콤하게 한번 맡은 것일 뿐이야—

정 노인의 독백이 방 안에 함박눈처럼 내리고 있었다.

모란꽃 한 송이 숨어 핀 까닭은
ⓒ 이여근, 2025

지은이_ 이여근

발 행 인_ 이도훈
펴 낸 곳_ 파란하늘
초판발행_ 2025년 6월 5일

사무실_ 서울시 서초구 법원로3길 19, 2층 W109호
　　　　(서초동, 양지원빌딩)
전　화_ 02) 595-4621
팩　스_ 0504-227-4621
이메일_ flyhun9@naver.com
홈페이지_ www.dohun.kr

ISBN_ 979-11-94737-22-3 03810
정가_ 16,000원